KB170988

조선남자
朝鮮男子
-천능의 주인-

조선남자 7권

초판1쇄 펴냄 | 2020년 04월 23일

지은이 | K.석우
발행인 | 성열관

펴낸곳 | 어울림 출판사
출판등록 / 2009년 1월 23일 제 2015-000062호
주소 / 경기도 고양시 일산동구 무궁화로 43-55, 801호 (장항동, 성우사카르타워)
TEL / 031-919-0122
FAX / 031-919-0127
E-mail / 5ullim@hanmail.net

ⓒ2020 K.석우
값 8,000원

ISBN 978-89-992-6435-1 (04810)
ISBN 978-89-992-6190-9 (SET)

※ 저자와의 협의하에 인지를 붙이지 않습니다.
※ 이 책은 어울림 출판사와 저작권자의 계약에 의해 출간되어 저작권법의 보호를 받습니다.
※ 잘못된 책은 구입하신 곳에서 교환하여 드립니다.

ULIM MODERN FANTASY

7

K.석우 현대판타지 장편소설

조선남자

朝 鮮 男 子

-천능의 주인-

어울림

조선남자

朝鮮男子

-천능의 주인-

목차

본문에 등장하는 의학용어는 가급적 현재 의학용어에 맞게 사용할 예정입니다.

다만 의료상황이나 응급상황을 묘사함은 현실의 의료상황이나 응급상황과는 다른 작가의 작품구성 상 필요에 의해 창작되었음을 알려드립니다.

또한 본문에서 언급하는 지역과 인간관계, 범죄행위, 법과 현 시대의 묘사는 현실과 관계없는 허구임을 밝힙니다.

조선남자

朝鮮男子

-천능의 주인-

새로운 신분

“와! 이게 누구야?”

방으로 들어서는 한서영과 김동하를 보며 윤경민 부장검사와 상을 마주하고 있던 한동식이 눈을 크게 뜨고 입을 벌렸다.

그의 눈에 비친 한서영은 그야말로 영화나 텔레비전에서나 볼 수 있을 것 같은 눈부신 미모의 여성이었다.

윤경민 부장검사도 한서영과 김동하가 이런 식으로 모습을 드러낼 것은 생각하지 못한 듯 눈을 껌벅이며 두 사람을 바라보고 있었다.

한서영이 본래도 아름답다는 것은 알고 있었지만 오늘은

그 미모가 더했다.

이런 모습의 한서영은 남자라면 누구나 가슴이 두근거릴 정도로 매혹적이고 아름다웠다.

평소의 한서영과는 달리 지금의 한서영은 조금은 뇌쇄적이고 농염한 분위기까지 품은 느낌이 들 정도였다.

한서영이 살짝 웃었다.

"안녕하세요? 검사님 그리고 작은아빠! 오랜만에 뵙네요."

한서영의 말이 끝나자 김동하가 인사를 했다.

"안녕하십니까?"

김동하가 정중한 얼굴로 인사를 하자 할 말을 잊은 듯 한동식이 한서영과 김동하의 얼굴을 번갈아 바라보았다.

윤경민 부장검사가 웃었다.

"닥터 한이 아름답다는 것은 알고 있었지만 지금의 닥터 한은 저도 감당하기 힘들 정도로 아름답습니다. 동하군과 너무 잘 어울리는군요. 허허."

한서영이 방긋 웃었다.

"사실 오늘 동하 문제로 검사님 만나는 것 말고도 작은아빠에게도 말씀드릴 것이 있어서 이렇게 차려입었어요."

한동식이 눈을 껌벅였다.

"나한테 말할 것이 있다고?"

"네."

"그게 뭐냐?"

한동식은 평소 명절이 아니면 얼굴도 잘 볼 수 없었던 큰 조카 한서영이 자신에게 할 말이 있다는 것에 무척 궁금해 했다.

윤경민 부장검사가 이를 드러내며 웃었다.

"자자 서 있지 말고 자리에 앉아서 천천히 이야기하지. 앉아요. 닥터 한. 그리고 동하군도."

윤경민 부장검사가 자리에 앉을 것을 채근했다.

한서영과 김동하가 한동식의 옆자리에 나란히 앉았다.

한동식은 조카인 한서영의 곁에 담담한 얼굴로 앉은 김동하를 무엇을 살피려는 것인지 눈을 반짝이며 바라보고 있었다.

한동식이 입을 열었다.

"윤 부장으로부터 네가 오늘 이곳에 올 것이라는 말은 들었지만 이유는 말해주지 않더구나. 도대체 무슨 일이냐? 그리고 작은아빠에게 할 말이라는 것이 뭔지도 궁금하고……."

한서영이 대답했다.

"그건 조금 있다가 말씀드릴게요, 작은아빠!"

그러자 한동식이 김동하를 바라보며 입을 열었다.

"전에도 궁금했지만 물어보지 못했는데 저 친구는 뭐하는 친구냐? 너랑 어찌된 사인지 말해주겠느냐?"

한동식은 큰조카 한서영의 곁에서 떨어지지 않고 나란히 앉아 있는 김동하의 정체가 진심으로 궁금했다.

어쩌면 한 가족이라고 할 수 있는 한동식이었지만 정작 친구인 윤경민 부장검사보다 더 김동하에 대해서 모르고 있다는 것이 우스운 상황이다.

한서영이 살짝 웃으며 대답했다.

"조금 있다가 말씀드릴게요."

"허허 그것 참."

한동식은 과묵해 보이는 김동하의 얼굴을 다시 살피면서 이마를 찌푸렸다.

오늘 한동식이 친구인 윤경민 부장검사와 만나기로 약속한 것은 평소처럼 두 사람이 퇴근 후 간단하게 술 한잔 하자고 청한 것이었다.

하지만 실제 속내로는 윤경민 부장검사가 담당하고 있던 한일그룹의 토지위장거래혐의로 조사를 받던 최태민 회장의 사건이 중앙지검의 특수부로 이관되어 그 여파가 한동식의 로진로펌에도 타격을 주었기 때문에 급하게 만나기를 청한 것이다.

한일그룹의 그룹 법무팀과 연계해 변론준비를 진행하고 있던 로진로펌에 한일그룹에서 일방적으로 수임취소 통고가 날아왔다.

변호수임비용만 수십억에 이르는 대형 사건이 단번에 취

소된 것은 로진로펌에 상당한 충격을 안겨주었다.
때문에 로진로펌의 공동대표인 한동식이 급하게 윤경민 부장검사를 만나자고 청한 것이었다.
그런 자리에 자신의 큰조카인 한서영이 동석한다고 알려오자 영문을 모른 한동식으로서는 얼떨떨한 기분이었다.
한동식의 기분과는 상관없는 듯 윤경민 부장검사가 한서영과 김동하를 보며 웃는 얼굴로 입을 열었다.
"이거 오늘 이렇게 아름답고 예쁜 의사선생님과 남자로서 질투가 날 정도로 잘생긴 청년을 앞에 두고 술을 한잔하려니 가슴이 떨리네요. 허허허."
윤경민 부장검사가 사람 좋은 너털웃음을 터트렸다.
한동식이 이마를 찌푸렸다.
"염병, 눈앞에서 수십억이 날아가게 생겼는데 넌 술이 넘어가냐?"
로진로펌에서 수임한 한일그룹 최태민 회장의 변호사 수임료가 단번에 사라진 것이 못내 아쉬운 한동식이었다.
윤경민 부장검사가 웃으면서 입을 열었다.
"어쩔 수 없는 일이라고 했잖냐. 다른 기회가 있을 테니 그건 잠시만 잊어. 그렇다고 완전히 끝난 것은 아니니까 말이야."
말을 하는 윤경민 부장검사의 눈이 반짝였다.
무언가 다른 복안을 가진 듯한 눈빛이었다.

한동식이 입맛을 다셨다.

"쩝!"

한동식이 머리를 돌려 한서영을 보며 입을 열었다.

"너도 술 한잔 할 테냐? 어차피 윤 부장과 만나서 술 한잔 하려는 자리였는데… 어떠냐?"

한동식의 말에 한서영이 자신의 앞에 놓인 잔을 들었다.

"저도 주세요, 작은아빠!"

한동식이 머리를 끄덕였다.

한동식은 큰조카 한서영이 고단한 병원업무를 마치면 곧잘 술을 한잔씩 마신다는 것도 알고 있었다.

명절에 모든 친척들이 형님인 한종섭의 집에 모이면 한서영도 어울려 음복과 같은 간단한 술 한잔은 거절하지 않고 마셨다.

이미 시집을 가도 이상하지 않을 정도로 다 큰 조카에게 술을 가지고 훈계하는 것은 한동식의 성격으로는 있을 수도 없는 일이었다.

한동식이 한서영이 들고 있는 잔에 술을 따라 주었다.

쪼르르르—

맑은 술이 한서영의 잔을 채웠다.

한서영의 잔을 채운 뒤 한동식이 물었다.

"저 친구는?"

한동식이 담담한 얼굴로 말없이 앉아 있는 김동하를 턱

으로 가리켰다.

한서영이 김동하를 돌아보며 입을 열었다.

"너도 잔을 받아."

김동하가 잠시 머뭇거리다 머리를 끄덕였다.

"알겠습니다."

담담한 목소리로 대답한 김동하가 잔을 들어 한동식의 앞에 내밀었다.

두 손으로 공손하게 잔을 받아든 모습이었다.

한동식이 잠시 김동하를 바라보다가 이내 아무렇지 않은 듯 김동하의 잔에도 술을 채웠다.

만약 한동식이 김동하의 나이를 알았다면 절대로 술을 주지 않았을 것이다.

그렇지만 한서영은 오늘 이 자리에서 작은아빠인 한동식에게 김동하와의 관계를 설명해야 했기에 김동하에게 잔을 받게 한 것이었다.

김동하 역시 한서영의 작은아빠였기에 어쩔 수 없이 술을 받았다.

쪼르르르르—

김동하의 잔에 술을 채운 한동식이 윤경민 부장검사를 바라보았다.

윤경민 부장검사가 자신의 앞에 놓인 술잔에 남겨진 술을 입으로 털어 넣고 빈 잔을 다시 한동식에게 내밀었다.

모든 잔에 술이 채워졌다.

한동식이 잔을 들었다.

"뭐가 어찌된 일인지 모르지만 오랜만에 큰 조카를 이렇게 만나서 술 한잔 하는 것도 나쁘지 않을 것 같군. 허허."

혼잣말처럼 중얼거린 한동식이 입으로 술잔을 가져가자 한서영과 김동하가 반쯤 몸을 돌리고 술을 입으로 가져가 단숨에 마셔버렸다.

탁—

다 마신 술잔을 탁자 위에 내려놓은 한서영이 자신의 옆에 앉은 한동식을 보며 입을 열었다.

"저 결혼해요, 작은아빠!"

순간 한동식이 사레가 걸린 듯 얼떨결에 술을 뱉어냈다.

"풉!"

한동식의 입에서 뱉어진 술은 다행히 맞은편의 윤경민 부장검사에게 튀지 않고 옆쪽으로 튀었다.

한동식이 놀란 얼굴로 한서영을 돌아보았다.

"뭘 한다고?"

아직도 한동식의 손에서는 술잔이 그대로 들려 있었다.

안주를 집어먹는 것도 잊은 얼굴이었다.

윤경민 부장검사도 약간 굳은 표정으로 한서영과 한동식을 바라보았다.

김동하는 살짝 붉어진 얼굴로 머리를 조금 숙이고 있었다.

한서영이 살짝 웃으면서 한동식을 바라보았다.

"실은 결혼을 하기로 결정되었을 때 작은아빠에게도 먼저 말씀드려야 했는데 말씀드릴 기회가 없었어요. 그런데 마침 윤 검사님과 작은아빠가 이곳에서 만나신다기에 여기서 말씀드리려 했어요. 그래서 옷도 이렇게 입은 것이고요."

한동식이 눈을 껌벅였다.

"누, 누구랑? 저 친구냐? 네 신랑이 될 사람이?"

한동식이 약간 머리를 숙이고 있는 김동하를 바라보았다.

한서영이 웃으면서 머리를 끄덕였다.

"네!"

"형님도 아시니? 형수는?"

한동식이 다급하게 물었다.

집안에서도 아름답고 총명하기로 소문이 나 있는 한서영이었다.

다들 미모와 총명함을 타고난 큰조카 한서영이 결혼을 한다면, 대한민국에서 최고로 돈이 많은 재벌가의 아들이거나 그 누구도 견줄 수 없을 정도로 영리하고 능력 있는 사내가 데려갈 것이라고 생각하고 있었다.

친척 간에 자식 문제로 비교를 할 때면 늘 비교의 대상이 되어 자녀들 기를 죽이게 만든 사람이 바로 한서영이었다.

더구나 아직 한서영의 나이가 결혼을 서둘 정도로 많은 나이가 아니었다.

그렇기에 언젠가 한서영이 결혼을 하게 된다면 이미 의학 분야에서는 상당한 위치에 올라 있을 만혼의 나이가 된 이후라고만 생각하고 있었다.

그런 큰조카가 결혼을 한다는 말에 한동식은 머릿속에서 종이 울리는 듯한 충격을 받았다.

또한 천금처럼 아끼는 큰딸이 뜬금없이 결혼을 하는 것을 형님과 형수님이 허락했을 리가 없다고 생각했다.

한서영이 대답했다.

"아빠와 엄마는 이미 허락하셨어요. 두 분께서는 당장이라도 결혼식을 올리는 것이 좋겠다고 생각하시지만 아직 저도 그렇고 동하도 준비가 되지 않아서 당분간은 미룰 생각이에요."

한동식의 눈이 커졌다.

"형님과 형수님이 허락을 했다고?"

"네!"

"이, 이게……."

한동식은 한서영의 말이 믿어지지 않았다.

한동식은 형님과 형수가 한서영을 어떻게 키운 것인지 너무나 잘 알고 있는 사람이었다.

큰조카 한서영의 말이라면 팥으로 메주를 쑨다고 해도

믿었고 시험기간에 퍼질러 잔다고 해도 한서영을 깨우지 않고 재울 정도로 한서영을 아끼는 사람들이었다.

더구나 어린 시절부터 지금까지 살아오는 동안 큰조카 한서영이 남자문제로 형님과 형수님의 속을 썩인 적이 단 한 번도 없다는 것까지, 그야말로 한동식은 형님인 한서영의 친부모처럼 모든 것을 알고 있었다.

그런데 뜬금없이 결혼발표가 나왔다.

한동식으로서는 뒤통수를 망치로 얻어맞은 기분이었다.

한동식이 멍한 얼굴로 김동하를 바라보았다.

김동하는 한서영이 작은아빠에게 자신과의 결혼을 알릴 것이라고 하자 마음의 준비를 하고 있었던 중이었다.

하지만 너무나 당황하는 한동식의 반응에 자신도 모르게 얼굴을 붉히고 있었다.

한동식이 김동하를 바라보며 입을 열었다.

"이, 이름이 뭐라고 했는가?"

이곳 황실옥에서 김동하가 뉴월드파의 조직원 수십 명과 두목이었던 양재득 일당을 만신창이로 만들어 놓았다는 것은 이미 알고 있는 한동식이었다.

당시 한서영이 이곳의 일을 무마해 달라고 자신에게 부탁도 했었다.

다만 그와 별개로 친구인 윤경민 부장검사가 자신의 독단으로 이곳에서 일어난 일을 덮어버린 것까지 모든 것을 알고 있었다.

그때 한동식은 김동하의 인사를 받았지만 경황이 없어 김동하의 이름을 기억하지 못했다.

김동하가 잠시 무언가 생각하는 듯 눈을 깜박이다가 일어나서 한동식을 바라보았다.

"소생 김동하가 서영누님의 작은 아버님께 다시 인사드립니다."

김동하가 넙죽 큰절을 올리자 한동식이 당황해서 자신도 모르게 몸을 일으켜 엉거주춤한 자세가 되었다.

김동하로서는 자신의 배필이 될 한서영의 작은 아버지에게 인사를 하는 셈이었기에 큰절이 잘못되었다고 할 수가 없었다.

한동식이 놀란 얼굴로 눈을 껌벅였다.

체격이 크고 이마가 반듯하며 두 눈에 총명함과 정기가 흐르는 잘생긴 청년의 얼굴이 그의 눈에 들어왔다.

얼굴만 본다면 큰조카인 한서영의 짝으로는 최고라고 할 수 있을 만큼 준수한 모습이었다.

한동식이 더듬거리며 물었다.

"그, 그때 이곳에서 그놈들을 그렇게 만든 게 정말 자네 혼자서 한 짓이었나?"

한동식은 그때 이곳 황실옥의 매실에서 보았던 그 참혹한 광경을 다시 머리에서 떠올렸다.

멀쩡한 인간이 한 명도 없었다.

모두가 팔다리가 부러지거나 얼굴이 피투성이로 변해 있었던 장면은 지금 생각해도 등골이 서늘할 정도로 공포스런 광경이었다.

더구나 두목인 양재득과 부두목 송대진은 아무리 생각해도 사람이 어떻게 그렇게 한순간에 늙어버릴 수 있었던 것인지 지금도 이해가 되지 않았다.

그로서는 김동하가 천명의 권능을 가지고 있다는 것은 꿈에도 상상하지 못하고 있었다.

다만 당시 그곳에서 일어난 일을 친구인 윤경민 부장검사는 어느 정도 알고 있는 듯했다.

하지만 윤경민이 평소 자신이 신념처럼 생각하고 있던 법의 원칙을 바꾸는 악수까지 감내하며 억지로 덮어버린 것을 자신이 다시 캐묻는 것은 아무리 친구 사이라고 해도 거북한 일이었기에 끝내 묻지 않고 있던 중이었다.

김동하가 대답했다.

"당시 그자들은 소생뿐만 아니라 서영누님까지 희롱하며 파락호의 짓을 서슴지 않았습니다. 아무리 법과 원칙을 무시하며 살아가는 왈패들이라고 해도 여염집의 아낙들을 함부로 희롱하거나 자신들과는 상관없는 규수들을 함부로 농락하지 않습니다. 하지만 당시의 그자들은 반가의 담장을 넘는 것도 모자라 인륜까지 건드리는 패악질을 자행하던 자들이었습니다. 그 때문에 손속에 사정을 두지 않았습니다."

김동하의 말에 한동식이 멍한 표정을 지었다.

"소생? 파락호? 왈패? 규수?"

김동하의 어투가 이상하다는 것을 느낀 한동식이 윤경민 부장검사를 바라보았다.

"윤 부장! 요새 이런 말 쓰는 사람 있어?"

윤경민 부장검사가 한서영을 보며 입을 열었다.

"닥터 한께서 동하군에 관한 일을 작은아버지이신 한 변에게 잘 설명해 주셔야 할 것 같군요. 그것을 설명해 주셔야만 오늘 제가 동하군에게 줄 법원의 가족관계 창설등록증도 닥터 한의 작은아버지에게 설명이 될 겁니다."

이미 김동하에 관한 내용은 모두 알고 있는 윤경민 부장검사였지만 김동하에 관한 일은 자신의 가족들에게도 함구하고 있었다.

그는 한서영과 김동하에게 한 약속을 충실하게 지키고 있는 중이었다.

그 때문에 한동식에게 김동하의 일을 설명할 수가 없었다.

한서영이 잠시 눈을 깜박이며 작은아빠 한동식을 바라보았다.

한동식은 뜬금없이 큰조카 한서영의 곁에 나타난 김동하

의 존재가 누군지 참으로 궁금했다.

혼자서 윤경민 부장검사도 골치 아파하던 뉴월드파를 아예 해체시킬 정도의 가공할 능력을 가진 사내가 바로 김동하였다.

한동식이 눈을 껌벅이며 윤경민 부장검사를 바라보다 한서영에게 시선을 돌렸다.

"윤 부장이 하는 말이 무슨 뜻이냐? 가족관계 창설등록증이라니… 그건……."

한동식이 가족관계 창설등록을 모를 리가 없었다.

고아나 연고가 없이 살아오며 대한민국의 모든 제적등록에서 자신의 존재를 입증할 자료가 없는 무연고자가 자신의 신분을 등록하기 위해 만들어진 법률이 바로 가족관계등록에 관한 법률이며, 법원의 검토를 거쳐 가족관계 창설등록을 허가받는다.

그것을 김동하가 받게 된다고 하자 이해가 되지 않는 한동식이었다.

부모 없이 태어나는 사람은 없다.

윤경민 부장검사의 말이 사실이라면 한서영이 결혼을 하겠다고 데려온 김동하가 부모 없는 무연고자이며 고아라는 것과 같은 말이었다.

변호사인 한동식이 그것을 모를 리가 없었다.

한서영이 작은아빠 한동식을 조용히 바라보다 입을 열

었다.

"전에 이곳에서 제가 작은아빠를 만났을 때 저에게 물었던 게 있었는데 그게 뭔지 기억하세요?"

한서영의 말에 한동식이 멍한 표정을 지었다.

난장판이 된 이곳에서 당시 자신이 무엇을 물었는지 기억하지 못했다.

아니 자신이 당시에 어떤 말을 했는지 전혀 생각조차 나지 않았다.

단지 이곳이 끔찍할 만큼 처참했다는 것만이 기억날 뿐이었다.

한동식이 물었다.

"내가 뭘 물었는데?"

한서영이 대답했다.

"작은아빠의 로펌에 이상한 사건으로 변호사수임의뢰가 들어왔는데 그 의뢰인이 어떤 대학의 교수라고 했어요. 당시 사건은 학교폭력으로 어떤 여학생이 자살을 했는데 알고 보니 자살이 아니라 번듯이 살아 있어서 위장자살로 의심되는 사건이라고 했죠. 또 그 자살한 여학생의 장례를 치르려던 곳이 제가 근무하는 세영대학병원의 영안실이었고요."

한서영의 말에 한동식이 입을 벌렸다.

"아! 유신대 교수 한 분이 자신의 딸이 연루되었다고 해서 우리로펌에 사건을 의뢰했던 그 사건. 자살한 여학생이 다시 살아난 것으로 위장자살로 혐의가 짙었던 그 사건이지. 맞아 기억난다."

한서영이 머리를 끄덕였다.

"당시 저는 모르는 일이라고 작은아빠에게 말씀드렸어요."

"그런데?"

한동식이 약간 굳은 얼굴로 한서영을 바라보았다.

한서영이 입을 열었다.

"죽은 여학생은 최은지라는 여학생이었어요. 20층이 넘는 아파트에서 투신해서 두개골이 부서지고 온몸의 관절이 모두 부러진 채 제가 근무하던 세영대학병원 영안실에 안치되어 있었고요."

"뭐?"

한동식의 얼굴이 굳어졌다.

한서영이 계속 말을 이었다.

"작은아빠가 들었던 그 사건은 실제로 일어났던 사건이었어요. 최은지라는 여학생이 학교폭력으로 투신해서 자살한 것도 맞았고 작은아빠에게 사건을 의뢰한 그 대학교수의 딸이 연관되어 있는 것도 맞아요. 그리고 온몸이 부서져 죽었던 최은지라는 여학생이 다시 살아난 것도 사실이고요. 그리고 그 모든 것을 제가 직접 지켜보는 중에 일어났으니 당연히 모를 리가 없겠지요."

툭—

한동식의 손에 들린 비워진 소주잔이 아래로 떨어져 내렸다.

그것을 본 윤경민 부장검사가 입을 열었다.

"닥터 한의 말이 맞을 거야. 나도 내 눈으로 보지 못했다면 실제로 믿지 못했던 일이었을 거야."

윤경민 부장검사의 말에 한동식이 윤경민 부장검사를 바라보았다.

"지, 지금 이 말이 사실이라고?"

끄덕—

윤경민 부장검사가 머리를 끄덕였다.

"그렇네. 그리고 그것을 그렇게 만든 사람이 바로 동하군이네. 닥터 한과 결혼하게 될 한 변의 조카사위인 동하군 말일세."

한동식이 멍한 시선으로 김동하를 바라보았다.

한서영이 입을 열었다.

"이제 작은아빠께 동하가 누군지 모두 말씀드릴게요."

한서영은 작은아버지 한동식에게 김동하에 관한 모든 것을 설명하기 시작했다.

이미 김동하와 결혼을 한다는 것을 말씀드렸으니 김동하에 관한 모든 것을 설명해 주는 것이 옳은 일이라고 생각했다.

"동하는 500년 전 조선시대에서 온 사람이에요. 동하의 아버님은 조선의 10번째 임금이던 연산군 시절 어의를 지내시던 분이세요……."

한서영이 찬찬히 김동하에 관한 이야기를 이어나가자 한동식은 술을 마신다는 것도 잊고 한서영의 말을 듣고 있었다.

뒤이어 천명의 권능과 천공불진을 통해 자신을 만나게 된 사연부터 지금까지 있었던 모든 사연들을 찬찬히 설명했다.

한동식은 큰조카 한서영의 말을 들으면 들을수록 김동하가 너무나 신비하게 느껴졌다.

또한 거짓말을 할 줄 모르는 큰조카가 자신에게 거짓말을 할 리가 없다고 생각했기에 전부 사실로 믿었다.

시간이 흐를수록 한서영의 곁에 앉아 있는 김동하가 놀랍기만 했다.

한서영의 이야기는 제법 길게 이어지고 있었다.

그 와중에 김동하가 윤경민 부장검사와 인연을 맺게 된 사연과 한서영의 아파트에서 가스폭발사고로 사망한 일가족을 모두 살려낸 일부터 가족의 흔적을 찾기 위해 옛이름인 곡도인 백령도로 찾아갔다가 사고로 인해 죽었던 병사를 살려낸 이야기까지.

들으면 들을수록 등에 소름이 돋을 너무나 신비한 이야기에 아예 혼이 빠진 듯한 얼굴이었다.

이윽고 김동하가 한서영과 동거하고 있다는 것을 발견한 한서영의 여동생인 둘째조카 한유진의 신고(?)로 득달같이 달려온 부모님에게 김동하의 존재를 설명하고, 천명을 직접 보여주고 자신과 결혼을 허락받기까지 모든 사연을 설명했다.

큰조카 한서영의 말을 들은 한동식이 떨리는 눈으로 김동하를 바라보았다.

"그, 그러니까 지금 저 친구가 500년 전의 사람이라서 신분을 증명할 길이 없어 윤 부장에게 그 가족관계 창설등록을 부탁한 것이라고?"

김동하의 내력에 관해 설명하던 중 한동식이 수십 번이나 말을 끊고 되물었지만 한서영은 차분하게 설명해 주었다.

한서영이 대답했다.

"네."

"그게 있어야 저 친구를 한의대에 보낼 수 있으니 어쩔 수 없었고?"

"물론이에요. 실은 처음에는 윤 검사님이 아니라 작은아빠에게 부탁할 생각이었는데 동하가 천명의 권능을 가지고 있는 사람이라는 것을 처음부터 알고 계셨던 윤 검사님

에게 동하가 어떤 사람인지 설명해 드리고 도움을 청하는 것이 좋겠다고 생각한 거였어요."

"세상에……."

한동식이 멍한 얼굴로 김동하를 바라보았다.

김동하는 아무 말도 하지 않고 약간 붉어진 얼굴로 자신의 내력을 설명하는 한서영을 바라보고만 있을 뿐이었다.

한동식이 김동하를 보며 물었다.

"방금 말한 서영이의 말이 모두 사실인가?"

김동하가 정중한 어투로 대답했다.

"예. 누님의 말이 모두 사실입니다."

한동식이 머리를 끄덕였다.

"그랬군. 그래서 자네의 말이 지금은 사용하지 않는 말이었었군 그래."

한서영이 끼어들었다.

"그래도 지금은 좀 나아졌어요. 예전에는 저를 꼭 서영 낭자라고 불렀거든요."

한동식의 입꼬리가 올라갔다.

"서영 낭자라… 나쁘지 않은 것 같은데 그 말을 그대로 썼어도 좋았을 것 같구나."

한서영이 피식 웃었다.

"요즘 누가 그런 말을 써요? 텔레비전의 사극드라마에나 나올 말인데."

"허허 그런가?"

한동식이 다시 한번 김동하를 바라보았다.

김동하에 대해서 모든 것을 알게 되자 오히려 김동하의 지금의 진중하고 차분한 모습이 새삼스럽게 느껴지는 한동식이었다.

그때 윤경민 부장검사가 끼어들었다.

"참! 이것 받으십시오. 닥터 한."

윤경민 부장검사가 품에서 한 개의 약간 도톰한 봉투를 꺼내어 한서영에게 내밀었다.

한서영의 눈이 반짝였다.

"이게……."

윤경민 부장검사가 머리를 끄덕이며 입을 열었다.

"동하군이 가족관계를 창설할 수 있도록 결정한 법원의 등록증입니다."

"아!"

한서영의 입에서 탄성이 터져 나왔다.

이것이면 김동하는 완벽하게 현 시대를 살아갈 수 있는 신원이 만들어지는 것이기에 묘한 감동까지 느껴졌다.

윤경민 부장검사가 김동하를 보며 입을 열었다.

"이제 동하군의 신변에 문제가 될 만한 것은 아무것도 없네. 축하하네."

윤경민 부장검사는 자신이 김동하에게 도움을 줄 수 있

는 것으로 김동하에게 영문 모르고 지고 있던 짐을 덜어낸 느낌이었다.

김동하가 정중하게 머리를 숙였다.

"도움에 감사를 드립니다."

한동식이 머리를 절레절레 흔들었다.

"난 마치 잘 짜인 옛날이야기 하나를 들은 기분이 드는군. 허 거참!"

한동식이 김동하를 보며 입을 열었다.

"어쨌든 서영이와 결혼을 하기로 형님과 형수님에게 허락까지 받았다고 하니 나로서는 뭐라고 할 순 없지만 우리 서영이 잘 부탁하네."

김동하가 대답했다.

"명심하겠습니다."

한동식이 이를 드러내며 웃었다.

"난 이 대한민국에서 어떤 남자가 우리 서영이를 데려갈지 참 궁금했는데 결국 우리 서영이의 남자가 될 사람은 조선에서 온 남자였군 그래. 허허허."

한동식은 김동하에 관한 모든 사실을 알게 되자 김동하의 잘생긴 얼굴과 단정한 모습이 무척 마음에 들었다.

한동식이 술병을 들며 입을 열었다.

"자! 한잔 하게. 조카사위라는 것을 알게 되었으니 새로운 기분으로 내 술을 한잔 받아보게."

한서영이 미간을 좁혔다.

"작은아빠. 아까는 동하와 결혼을 하게 되었다는 것을 말씀드리기 위해서 작은아빠가 건네는 술을 받았지만 지금은 아니에요. 동하는 고작 18살이란 말이에요."

한동식이 싱긋 웃었다.

"옛날에는 남자가 18세가 되면 뜻을 세워 출사를 한다고 하였다. 즉 대장부가 되었다는 말이다. 비록 18살이라고 하지만 굳이 따지자면 이곳에 있는 윤 부장이나 내가 엎드려 잔을 받아야 할 사람이 조카사위가 아니냐? 514년 전에 18살이었다면 지금은 나와 윤 부장에게는 까마득한 세월을 지난 조상과 같은 사람이 조카사위다. 그리고 지금의 잔은 내가 가장 아끼는 큰조카의 배필이 된 조카사위에게 건네는 잔이니 그렇게 나쁜 일은 아닐 것이다."

김동하가 머리를 숙였다.

"잔을 받겠습니다."

한서영이 잠시 눈을 깜박이다가 입을 열었다.

"그럼 나도 주세요."

한서영이 비워진 자신의 잔을 다시 내밀었다.

듣고 있던 윤경민 부장검사도 손을 내밀었다.

"이참에 모두 잔을 채워 건배나 하도록 하지. 나 역시 닥터 한과 동하군이 새로운 인연으로 맺어진 것에 정식으로 축하도 하지 못했는데 말이야."

“하하 그런가?”

윤경민 부장검사의 말에 한동식이 웃었다.

한동식이 김동하를 비롯하여 한서영과 윤경민 부장검사 그리고 자신의 잔까지 모두 술을 채웠다.

한동식이 잔을 들며 나직하게 외쳤다.

“내 조카가 조선남자랑 행복하게 살아가기를 위해서 건배하지.”

“건배.”

“건배.”

황실옥 이층 끝의 난실 방에서 작은 축배가 울렸다. 단숨에 술잔을 비운 네 사람이 잔을 테이블 위에 올려놓았다. 한동식이 김동하를 보며 입을 열었다.

“형님과 나는 고작 형제가 두 명뿐이었다. 그래서 형님은 형수님과 결혼을 하시면 꼭 자식은 많이 낳을 것이라고 말씀하셨지. 형수님도 형님과 비슷한 처지였기에 형님 말에 동의하셨고. 그래서 지금 형님과 형수님 슬하에 자식을 4명이나 두었다네. 나도 자식을 3명이나 두었지만 더 낳고 싶었는데 아내가 힘들어해서 어쩔 수 없이 그만 낳기로 했지.”

김동하가 묵묵히 한동식의 말을 들었다. 한동식의 말이 이어졌다.

“자넨 홀로 조선에서 긴 세월의 벽을 넘어와 이곳에서 서영이를 만났어. 이게 하늘이 자네와 서영이에게 내린 운명이라면 이곳에서 자네만의 가족을 이루게. 아들도 낳고 딸도 낳아서 행복하게 살아보란 말이야. 자네에게 천명의 권능이 있으면 뭐하나? 가족이 없고 돌아갈 곳이 없으면 외롭고 쓸쓸한 것은 자네가 가진 천명의 권능이라도 해결해 줄 수 없지 않은가? 그러니 가능하면 아들딸 많이 낳아서 행복하게 살게."

김동하는 순간 울컥하는 마음이 들었다.

한동식의 말에 잠시 잊고 있었던 자신의 아버지와 어머니 그리고 누이동생의 얼굴이 머릿속에 떠올랐다.

만약 지금 이 순간에 자신의 가족을 다시 볼 수 있다면 자신의 천명을 포기할 수도 있다는 생각까지 들 정도로 그리움이 한순간에 솟구친 것이다.

김동하가 머리를 끄덕였다.

"알겠습니다."

윤경민 부장검사가 웃으면서 입을 열었다.

"난 그때 동하군이 산에서 만난 외동딸 다혜 하나뿐이라네. 그래서 외롭지."

한동식이 웃으면서 다시 입을 열었다.

"한 10명쯤 낳아서 키워보게. 하하."

한서영이 새빨갛게 변한 얼굴로 한동식을 흘겨보았다.

"내가 뭐 아기 낳는 기계예요?"

윤경민이 머리를 흔들었다.

"하하 닥터 한과 같은 딸을 낳는다면 난 10명도 모자라다고 생각할 것 같습니다."

한동식이 끼어들었다.

"그럼 공평하게 조카사위 같은 아들 5명하고 큰조카 서영이 같은 딸 5명을 낳아서 키워보면 좋겠는데."

"작은아빠!"

한서영이 빨갛게 변한 얼굴로 한동식을 쏘아보았다.

김동하와 결혼을 한다고 결정은 했지만 자신과 김동하 사이에 아기가 태어날 것이라고는 미처 생각해 보지 못한 한서영이었다. 아니 지금까지 살아오면서 누군가의 엄마가 될 것이라곤 생각하지 못했다. 그런 탓에 아기를 낳으라는 말이 너무나 부끄럽게 느껴졌다.

단번에 화제가 바뀌자 황실옥의 난실 분위기는 참으로 부드럽게 변했다. 흥이 오른 한동식이 권하는 술을 몇 잔이나 더 마신 김동하의 얼굴은 난실방의 분위기 탓에 살짝 달아올라 있었다. 그렇지만 김동하의 몸속에 담겨 있는 무량기의 기운이 주기를 스스로 정화시켜주었기에 주기는 단 한 줌도 남아 있지 않았다.

아마 지금의 대한민국에서 김동하를 술로 이길 수 있는 사람은 단 한 사람도 없을 것이다.

한서영이 몇 잔의 술에 얼굴이 붉어지자 김동하가 몰래

한서영의 손을 잡고 무량기를 불어넣어주었다.

한서영의 몸에 퍼져 있던 주기도 단번에 몸에서 빠져나왔다. 한서영은 김동하가 자신의 손을 잡고 무량기를 흘려넣어 준 덕에 온몸에서 쾌적하고 상쾌한 느낌이 들어 묘한 표정을 담고 김동하와 시선을 교환했다.

이미 황실옥의 창밖에는 늦여름의 어둠이 짙어가고 있었다.

이방인

"허허, 세월이 많이 흘러버린 모양이군? 40년 전에 보았던 모습과는 완전히 달라졌구나. 듣던 대로 구방주와 노회장이 탐을 낼만한 곳이다."

70대의 노인이 입국장의 게이트를 빠져 나오며 주변을 둘러보았다.

입에서 저절로 탄성이 터져 나올 정도로 화려한 인천공항의 모습에 노인의 시선이 흔들리고 있었다.

넥타이를 걸치지 않은 양복차림에 얼굴에는 검버섯이 몇 개 피어 있는 노인이었다.

하지만 노인의 하얀 눈썹 아래 두 눈은 노인답지 않게 흑

백이 선명하고 볼에는 약간 홍조가 피어 오른 모습이었다.

또한 허리도 꼿꼿하고 발걸음도 나이를 먹은 노인답지 않게 가벼워 보였다.

그로서는 과거 한국이 힘들게 살아가던 1980년대의 한국만 머릿속에 담아두고 있었기에 40년이 흘러버린 지금의 대한민국의 모습이 참으로 놀랍기만 했다.

노인의 옆에는 긴 머리칼이 등까지 늘어진 20대 후반의 늘씬한 체구의 여인이 조심스럽게 따르고 있었다.

그 뒤쪽으로는 양복을 입은 건장한 사내 3명이 여행용 가방을 들고 따랐다.

노인의 옆에서 노인을 따르던 늘씬한 여인이 입을 열었다.

"40년 전과는 비교할 수 없게 한국은 예전과 많이 달라졌어요, 할아버지. 그 때문에 인보방의 구방주나 유관회의 노회장이 자꾸 한국을 언급한 거예요."

"역시 그렇군."

혼잣말로 중얼거린 노인이 다시 한번 주변을 살펴보았다.

여인이 다시 설명했다.

"지금의 이곳 한국은 일본과 함께 우열을 가릴 수 없을 정도로 발전한 나라에요. 우리 중국으로서는 샘이 날 만큼 말이에요. 그 때문에 우리가 꼭 먼저 이곳을 선점해야 할

기회를 놓치지 말아야 할 거예요."

"흠!"

노인의 눈이 맑게 빛나고 있었다.

노인이 힐끗 공항의 주변을 다시금 둘러보았다.

40년 전의 한국을 기억하고 있던 노인에겐 지금의 한국은 언뜻 한국이 아닌 다른 나라라는 착각이 들 정도로 달라진 모습이었기에 놀란 표정이 역력했다.

노인의 눈에 분주하게 오가는 사람들이 보였다.

모두가 자유로운 얼굴들이었고 한눈에 보아도 여유와 풍족함이 저절로 느껴지는 모습들이었다.

"허허 이곳이 40년 전의 그 한국이라니 기가 막히는군."

노인이 혼잣말로 중얼거리며 머리를 끄덕였다.

노인의 옆에 서 있는 여인이 노인을 바라보며 입을 열었다.

"우리 청지림(淸之林)이 먼저 한국에 분단을 세울 수 있는 절호의 기회예요. 그 때문에 한세병원에서 할아버지께 요청해온 한국방문을 꼭 허락하셔야 한다고 말씀드린 거예요."

여인의 말에 노인이 머리를 끄덕였다.

"소하 네 말이 맞다. 지금이라면 우리 청지림이 한국을 선점할 수 있는 최고의 기회라고 할 수 있겠지. 이곳을 우리가 먼저 차지할 수 있다면 청지림으로서는 새로운 기회를 얻을 수도 있을 것이다."

노인의 눈이 번득이고 있었다.

"사해련(四海聯)의 창회장이 왜 자꾸 한국진출을 고집했는지 이제야 알겠구나. 허허."

노인이 입맛을 다시며 다시 눈을 번득였다.

청지림.

림주 염백천.

노인이 가진 정체였다.

청지림은 외견상 중국에서 중국정통의술을 계승하여 발전시키고, 가난 때문에 제대로 의료혜택을 받지 못하는 인민들에게 자선의료를 베풀어주는 구호단체로 알려져 있었다.

북경에 청지림의 본단이 있고 중국전역에 40여 개의 지부를 두고 있는 그야말로 중국 최고의 자선 의료단체였지만 실상은 다르다.

사람들의 이목을 속이기 위해 정통중국의료를 시술하며 가난한 인민들에게 의료혜택을 베풀지만 내적으로는 인신매매, 장기적출, 불법무기거래, 밀무역, 사채업 등 전방위적으로 엄청난 검은 사업체를 확장하고 있는 곳이었다.

그러한 불법사업을 진행하고 있으면서도 청지림의 실체가 드러나지 않는 것은 중국정부 고위층에 청지림을 비롯한 중국의 은밀한 흑사회가 속해 있는 사해련이라는 단체

의 총책임자가 있기 때문이다.

사해련 련주 창여걸(昌呂傑).

현 중국중앙당 정치국 상무위원이자 중국공산당 부주석의 신분을 가진 사람이었다.

중국의 제 2인자의 위치에 있는 그가 사해련의 련주이며, 사해련에 속한 청지림(淸之林)과 인보방(人寶房), 유관회(流官會), 거여방(擧勵防)까지 모두 4개의 단체를 보호하는 역할을 맡고 있었다.

중국국가부주석이라는 엄청난 영향력을 가진 창여걸은 실질적으로 모영학 국가주석의 영향력을 넘어서는 힘을 가지고 있다는 소문까지 퍼질 정도로 엄청난 인물이다.

그런 그가 사해련이라는 단체를 이끌면서 상상할 수 없는 엄청난 부를 축적하고 있었다.

사해련에 속한 4곳의 단체는 중국의 정치, 경제, 문화 등 모든 분야에 손을 뻗치고 있었고, 그를 통해 미처 가늠하지 못할 정도의 어마어마한 이득을 취하고 있었다.

실제로 사해련에 소속된 4개의 단체는 자신들이 중국을 실질적으로 지배하고 있다고 믿을 정도였다.

그런 사해련은 해외까지 그들의 활동영역을 넓히려는 계획을 가지고 있었다.

사해련의 련주 창여걸은 그 계획 중의 한곳으로 한국을 언급한 것이다.

하지만 사해련이 속한 4개의 단체가 중국이 아닌 해외로 진출하기 위해서는 사해련 내부에서 어떤 단체가 어느 지역으로 진출할지 합의를 도출해야 했다.

그럴 때마다 자신들의 이권을 최대한으로 얻어내기 위한 곳으로 진출을 고집하는 다른 단체들의 견제로 인해 번번이 좌절되고 있었던 상황이었다.

더구나 한국 같은 알토란국가는 청지림을 비롯한 다른 단체들이 서로 차지하려고 하기에 합의가 되지 않고 있던 중이었다.

사해련의 규칙 중 합의가 요구되는 사안에 대해서 사해련에 속한 4단체 중 한곳이라도 반대하면 협의는 결렬된다는 원칙이 사해련의 해외진출을 가로막고 있던 것이다.

그것은 사해련의 련주이자 회장인 창여걸도 어쩔 수 없는 일이었다.

그런 상황에서 뜻밖에 청지림에게 그 기회가 찾아오게 되었다.

그것도 한국 측에서의 요청으로 인해 너무나 자연스럽게 한국으로 진출할 기회를 얻었으니 그야말로 청지림으로서는 엎드려 감사인사를 해야 할 정도로 고마운 일이었다.

청지림의 림주이자 사해련의 4단체 중 한곳의 수장인 염백천은 손녀인 염소하가 했던 한국에서 저절로 굴러들어온 기회를 절대로 놓치지 말라는 말을 들은 것이 백번 잘

했다는 생각이 들었다.

염백천이 만족한 얼굴로 머리를 끄덕였다.

"이런 기회를 놓칠 수는 없지."

염백천의 얼굴이 살짝 달아오르고 있었다.

염백천과 그의 손녀인 염소하가 3명의 청지림 수하들을 이끌고 공항의 로비 쪽으로 걸어 나왔다.

그때였다.

"어서 오십시오 염 대인. 기다리고 있었습니다."

염백천과 염소하의 앞에 깔끔한 양복을 걸친 50대 후반의 남자가 두 명의 젊은 사내와 함께 다가섰다.

염백천의 눈이 커졌다.

"이 원장!"

자신을 한국으로 초대한 한국의 한세한방병원의 원장 이원우였다.

염소하가 이원우 원장을 보며 가볍게 고개를 숙였다.

"안녕하세요, 이 원장님!"

이원우 원장이 염소하를 바라보며 이를 드러내고 웃었다.

"소하아가씨로군요? 너무나 예뻐져서 하마터면 몰라볼 뻔했습니다."

염소하가 웃었다.

"호호 2년 전에 북경에서 열린 동양의학심포지엄에서

뵈었죠?"

"예! 그때 염 대인의 침술시술을 돕는 소하양을 보았지요."

이원우 원장과 염소하가 마주보고 웃었다.

염백천이 웃으면서 입을 열었다.

"허허 이런 쓸모없는 노인네를 이 원장께서 기억하시고 이처럼 초대해 주시니 참으로 감사하구려."

이원우 원장이 웃었다.

"아닙니다. 염 대인 같은 고명하신 분을 모시게 되어 영광입니다."

"허허, 부끄럽구려."

염백천이 속에도 없는 말로 겸양을 피우고 있었다.

그로서는 기적적으로 찾아온 한국진출기회를 안겨준 이원우를 절대로 놓치고 싶지 않았다.

이원우 원장이 자신의 뒤쪽에 서 있는 두 사내를 가리켰다.

"이 친구들이 염 대인과 청지림에서 오신 분들을 당분간 돕게 될 것입니다. 중국어에도 능통한 친구들이니 아마 도움이 꽤 될 것입니다."

염백천이 머리를 끄덕였다.

"여러모로 신경을 써 주셔서 감사드립니다. 이 원장!"

염소하도 살짝 머리를 숙였다.

"고맙습니다 이 원장님!"
이원우 원장이 웃었다.
"하하, 천만에요. 자 이곳에서 이럴것이 아니라 가시지요. 가면서 차 안에서 염 대인께 도움을 청한 이유를 설명드리겠습니다."
"그럽시다."
염백천이 머리를 끄덕였다.
이원우 원장이 염백천과 염소하를 안내하며 공항의 주차장 쪽으로 향했다.
이원우 원장을 따라온 두 명의 사내가 염백천을 수행하고 온 세 명의 사내들과 함께 그 뒤를 따르고 있었다.
일행들이 주차장에 도착해서 미리 주차시켜 놓은 두 대의 국산 대형승용차에 나눠 탔다.
인천공항을 빠져 나와 영종대교 위로 오른 두 대의 승용차는 빠르게 서울로 향했다.
부우우우우우웅―
두 대의 국산 대형 승용차가 울려내는 거친 엔진음소리가 조명이 켜진 영종대교 위쪽으로 짐승의 울음소리처럼 흘러 퍼져나가고 있었다.

"허어 그런 일이?"
염백천의 눈이 커졌다.

인천공항에서 서울로 향하는 차 안이다.

염백천은 자신을 한국으로 초청한 이원우 한세한방병원 원장의 말을 들으며 눈을 치켜떴다.

이원우 원장이 이마를 찌푸리며 입을 열었다.

"다른 사람이라면 저도 굳이 염 대인까지 모셔올 생각을 하지 않았을 테지만 환자가 저의 친구가 특별히 부탁한 사람의 아들이고 다른 아이도 친구와 아주 가까운 사입니다. 더구나 그 친구의 아버지라는 사람이 현재 이곳 한국의 차장검사이기에 이렇게 번거롭게 염 대인을 모시게 된 것입니다."

염백천이 물었다.

"환자의 증세를 다시 설명해 보시겠소?"

염백천이 호기심이 가득한 얼굴로 이원우 원장을 바라보았다.

옆에 앉아 있는 염소하도 궁금해 하는 얼굴로 이원우 원장을 바라보고 있었다.

염소하는 이원우 원장이 언급한 환자 중 그 환자의 아버지가 한국의 차장검사라는 말을 듣는 순간 눈빛이 달라졌다.

이원우 원장이 입을 열었다.

"온몸에 마비증세가 있고 말을 하기 힘들어 합니다. 음식도 잘 먹지 못하고 거동은 할 수 있으나 움직이면 무척

고통스러워하지요. 또한 숨을 쉬는 것도 힘들어서 숨 쉴 때마다 환자를 지켜보는 사람까지 동감통증을 느낄 정도입니다."

동감통증은 아픈 사람이 고통스러워할 때 아프지 않은 사람도 지켜보며 같은 통증을 느끼는 것을 의미했다.

염백천이 물었다.

"진맥을 했으나 어디에도 이상을 느끼지 못했다는 것도 사실이오?"

이원우 원장이 머리를 숙였다.

"예! 망진(望診), 문진(問診), 문진(聞診), 절진(切診)까지 사진(四診)을 보두 해보았지만 전혀 이상을 발견하지 못했습니다. 처음엔 근육마비증상으로 생각하고 시침과 뜸까지 처방했지만 전혀 차도가 없었습니다."

"흠!"

한의학에서 환자를 진료할 때 눈으로 보는 망진과 환자에게 묻는 문진, 환자에게 듣는 문진, 그리고 직접 손으로 환부를 살펴보는 절진을 사용한다.

이원우 원장이 하는 말대로라면 이미 한의학에서 사용할 맥진은 모두 살폈다는 말이었다.

옆에서 듣고 있던 염소하가 물었다.

"그런 증세가 언제부터 시작되었나요?"

염소하의 말에 이원우 원장이 염소하를 바라보았다.

할아버지 염백천의 뒤를 이어 중국의 정통동양의술을 익힌 염소하였다.

또한 청지림에서도 할아버지 염백천의 뒤를 이을 정도로 의술이 정통하다고 알려져 있었다.

이원우 원장이 입을 열었다.

"근 일주일 정도 흘렀습니다."

염백천이 잠시 눈을 감았다가 떴다.

"지금 우리가 가는 곳에 환자가 있는 것이오?"

이원우 원장이 머리를 끄덕였다.

"예! 죄송합니다. 오늘은 쉬시고 내일부터 진료를 하시도록 할 생각이었지만 염 대인께서 오늘 도착하신다고 하니 환자의 가족들께서 당장 치료를 부탁하신다고 말씀하시더군요. 가족들로서는 고통스러워하는 환자를 더 이상 지켜보기가 힘들었을 겁니다. 그분들께서 염 대인이 환자들을 당장에라도 낫게 해 주신다면 크게 보답을 하겠다고 하시며 사정하시는 탓에 어쩔 수 없이 허락했습니다. 여정에 피곤하신 줄은 알겠으나 염 대인께서 저의 사정을 보아 오늘 당장 환자부터 한번 살펴보시는 것이 좋을 것 같습니다. 도움을 주신다면 평생 대인의 은혜를 잊지 않을 것입니다."

이원우 원장은 그야말로 목에서 손이 나올 지경이었다.

친구가 소개해준 환자이기에 세심하게 환자를 살폈으나

어디에도 병증의 원인을 찾을 수가 없었다.

더구나 친구가 소개해준 환자들의 부친이 이원우 원장으로서는 함부로 거절하기도 힘든 엄청난 거물들이었다.

한 사람은 대한민국에서도 첫손가락에 꼽힐 정도로 엄청난 유명세를 떨치고 있는 법무법인 제니스의 소유주였고, 다른 한 사람은 대한민국 대검찰청 중앙지검의 차장검사라는 신분을 가지고 있었다.

그 때문에 이원우 원장도 염백천에게 도움을 청하게 된 것이다.

듣고있던 염소하가 끼어들었다.

"할아버지, 이 원장님의 말씀대로 해요. 일분 일초가 고통스러운 사람들인데 진료부터 하는 것이 좋겠어요."

염백천이 물었다.

"피곤하지 않겠느냐?"

염소하가 흰 이를 드러내며 웃었다.

"북경에서 한국까지 얼마나 걸린다고 피곤해요? 비행기를 타고 잠시 졸면 도착할 한국이에요. 전 상관없으니 먼저 진료부터 해요."

염소하는 환자나 환자의 가족이 다급해 할수록 자신과 할아버지가 갈망하는 상황에 더 가까이 갈 수가 있다고 생각했다.

중국에서 곧장 날아와 쉬지도 않고 그대로 환자진료부터

한다면 환자의 가족들에게는 엄청난 호감을 느끼게 만들 것이다.

염소하는 그것을 충분히 이용할 생각이었다.

환자가 차도를 보이거나 낫는 것은 차후의 문제였다.

환자를 위해 노력하고 최선을 다하는 것을 보여준다면 그것으로 충분했다.

또한 그 와중에 환자의 병세를 짚어내고 완치까지 할 수 있게 만든다면 그야말로 최상의 결과를 얻어낼 수 있다.

염소하의 채근에 염백천이 손으로 턱을 쓸었다.

"흐음."

염백천이 잠시 망설였다.

이내 염백천이 머리를 끄덕였다.

"알겠소. 이 원장께서 그리 부탁을 하시니 일단 먼저 환자부터 살펴보는 것이 좋을 것 같군요."

염백천의 허락이 떨어지자 이원우 원장이 환한 표정을 지었다.

"감사합니다 염 대인. 진료를 마치시면 최대한 편하게 쉬실 수 있도록 배려를 하겠습니다."

"허허, 고맙소."

염백천은 스스로 한의학 실력에 자부심을 가지고 있었다.

혈과 맥의 위치를 수십 년 동안의 경험으로 이제는 눈을 감고도 찾아낼 수 있을 정도였고 환자의 통증을 마비시키는 마혈의 위치도 환하게 꿰고 있었다.

더구나 자신만이 알고 있는 독문비술까지 가지고 있었기에 어지간한 환자라면 단숨에 차도를 보이게 만들 자신도 있었다.

그렇기에 당장에 진료를 한다고 해도 부담스럽진 않았다.

근골을 다친 환자는 움직이면 환부에서 느껴지는 통증으로 무척 힘들어한다.

하지만 염백천은 자신의 침술비예로 환자가 고통을 느끼는 신경을 마비시켜 환자가 전혀 고통을 느끼지 못하게 만들 수도 있었다.

그는 자신의 그런 비예에 확신을 가지고 있었고 충분히 자신도 있었다.

이원우 원장이 차를 운전하고 있는 직원에게 말했다.

"잠원동 송사장님의 집으로 가자."

운전을 하던 직원이 대답했다.

"예! 원장님."

대답을 마친 직원이 빠르게 가속패달을 밟았다.

우우우우우웅—

차가 부르르 떨며 빠르게 서울로 진입하고 있었다.

뒤쪽에서 따라오던 또 다른 차량이 빠르게 앞선 차량의

뒤쪽으로 붙어서 간격을 좁혀왔다.
직원에게 지시를 내린 이원우 원장이 품에서 전화기를 꺼냈다.
빠르게 번호를 누른 이원우 원장이 전화기를 귀로 가져갔다.
이내 누군가 전화기를 받았다.
"아! 저 한세의 이원우 원장입니다."
—아! 네 그분은 오셨습니까?
전화기 속의 상대는 이원우 원장의 전화를 기다리고 있었다는 듯이 채촉하며 물었다.
이원우 원장의 입꼬리가 올라갔다.
"물론입니다. 지금 모시고 함께 잠원동으로 가는 중입니다. 서초동의 그 분들은 도착하셨습니까?"
—예! 그 친구도 아들과 함께 이미 도착해서 이 원장이 모시고 오시는 손님을 기다리고 있습니다. 빨리 와 주십시오 이 원장님!
"네! 10분 정도 걸릴 겁니다. 도착 후 다시 연락드리지요."
—알겠습니다.
딸칵—
전화가 끊어졌다.
이원우 원장이 한숨을 불어냈다.

염백천과 염소하는 이원우 원장이 한국어로 통화를 했기 때문에 어떤 내용인지 알지 못하고 이원우 원장의 얼굴만 바라보고 있었다.

이원우 원장이 입을 열었다.

"염 대인께서 진료하실 환자의 아버집니다. 염 대인께서 오신다고 하시니 무척 기다리고 있는 중입니다."

염백천이 입술을 비틀었다.

"빨리 가야 하겠군요?"

이원우 원장이 씁쓸한 미소로 대답했다.

"그 분들에게는 아픈 아들을 지켜보는 시간들이 한순간 한순간마다 지옥 같을 테지요."

염소하가 이원우 원장의 얼굴을 바라보며 입을 열었다.

"할아버지가 반드시 낫게 해 주실 거예요. 우리 할아버지의 실력이라면 청수림의 모든 비전을 다 써서라도 차도를 보이게 만들어 주실 거니까 이 원장님은 안심해도 되실 겁니다."

이원우 원장이 웃었다.

"그렇게만 해 주신다면 염 대인께 아예 우리 한세한방병원의 원장자리까지 넘겨드릴 수도 있을 겁니다."

염소하가 웃으면서 머리를 흔들었다.

"호호 그건 아마 할아버지가 사양하실 것 같네요."

이원우 원장이 싱긋 웃었다.

"그럴 정도로 저에겐 중요한 환자라는 의미였습니다."

"너무 걱정하지 않아도 될 테니까 안심하세요."

이원우 원장을 바라보며 말을 하는 염소하의 눈이 반짝이고 있었다.

서울 서초구 잠원동 동신펠리스타워 아파트 101동 3301호.

한강을 가로지르는 반포대교와 한남대교 사이에 위치한 동신펠리스타워는 서울강남에서도 웬만한 거부들은 매입하기가 힘들 정도로 비싸다는 고급 아파트였다.

아름다운 한강의 조망권을 특혜처럼 가지고 있는 동신펠리스타워의 평균가격은 70억에서 100억대까지 이른다고 알려져 있었다.

부동산에 매물도 잘 나오지 않지만 나온다고 해도 쉽게 매도가 되지 않을 정도로 럭셔리한 이미지를 가지고 있는 곳이었다.

그중 101동 3301호는 조금 특별한 세대였다.

동신타워펠리스는 34층까지 아파트 층수가 존재하고 있었지만 3301호와 3401호가 연결되어 있다는 것을 알고 있는 사람은 그 아파트에 살고 있는 사람 외에 아는 사람이 거의 없었다.

아파트 자체에 내부에 복층으로 34층과 이어진 것이다.

100평이 넘는 아파트였기에 두 아파트가 이어진 것으로 따진다면 동신펠리스타워에서 가장 넓은 세대에 거주하는 것이라고 할 수 있었다.

3301호의 거실 창 쪽에는 두 개의 침대가 나란히 놓여 있었다.

침대 위에는 창백한 몰골의 두 명의 사내들이 누워서 힘겹게 숨을 쉬었다.

사내들이 누워 있는 침대의 옆쪽에는 중년의 남녀 부부 2쌍이 침대 위에 누운 사내들을 어두운 안색으로 지켜보고 있었다.

"크으으읍~."

"끄그극."

무언가가 숨통을 막고 있는 듯 사내들은 너무나 힘들게 호흡하고 있었다.

침대 위에 누운 두 사내의 얼굴은 백지장처럼 창백했다.

왼쪽에 누운 사내를 지켜보던 중년부부 중 여자가 머리를 돌렸다.

여자의 얼굴에는 눈물자욱이 선명했다.

"흐흑, 못 지켜보겠어요. 저러다 영철이가 어떻게 되면 어떡해요?"

참으로 힘들게 숨을 쉬는 아들 송영철의 모습을 보며 법무법인 제니스의 사장 송태현이 이마를 찌푸렸다.

"이 원장이 초대한 그 양반이 곧 도착을 한다고 하니 조금만 기다려 봅시다."

송영철의 아버지 송태현 역시 아들이 힘들게 숨 쉬는 것을 보며 자신도 숨 쉬는 것이 힘들게 느껴졌다.

이원우 원장이 언급했던 환자의 통증을 같이 느끼는 공감통증이라는 것을 느끼는 것이다.

반대편에 있는 침대의 옆에 서 있던 중년사내가 말을 건네 왔다.

"10분이면 도착한다고 한 게 사실인가?"

송태현 사장의 친구이자 현 서울중앙지검 제 2차장인 김대길 차장검사였다.

송태현이 머리를 끄덕였다.

"그래. 곧 도착할 시간이야."

김대길이 입을 열었다.

"제길, 10분이 10시간 같군 그래. 이러다 애도 죽고 마누라도 죽을 것 같아."

김대길 차장의 옆에서 아내 안수희는 힘없는 얼굴로 침대 위에 누운 아들 김종현을 바라보고 있었다.

안수희의 얼굴이 핏기가 없이 창백한 것을 보며 김대길은 혀를 찼다.

송태현이 이를 악물었다.

"잠시만 기다려보세."

“휴~ 이 망할 자식 놈들이 어쩌다 이런 병에 걸려가지고…….”

한숨을 내쉰 김대길 차장검사의 목소리에 힘이 빠져 있었다.

그때였다.

삐리리리릭—

아파트 내부의 현관 도어록과 연결된 인터폰이 울렸다.

송태현이 급하게 인터폰으로 다가갔다.

모두의 시선이 송태현의 뒷모습을 바라보고 있었다.

그들의 얼굴에는 가슴 태우며 기다리고 있던 사람들이 도착한 것인지 기대하는 표정들이 떠올라 있었다.

송태현이 다급하게 도어록 인터폰을 바라보았다.

인터폰의 화면에는 송태현에게 낯익은 얼굴이 떠올라 있었다.

초조하게 기다리고 있던 이원우 원장이었다.

“이 원장이시군요?”

—예! 방금 도착했습니다. 올라갈 테니 문 좀 열어주세요.

“알겠소.”

송태현이 아파트 내부로 들어올 수 있는 문을 열어주는 버튼을 누르고 이내 머리를 돌렸다.

“이 원장이야. 지금 도착했어.”

송태현의 말에 김대길과 그의 부인이 안도의 표정을 지으며 서로 얼굴을 마주 보았다.

금방이라도 숨이 멎을 것처럼 고통스러워하는 아들이 다시 살아날 수 있는 희망이 생긴 표정이었다.

송태현의 아내 역시 안도한 표정으로 침대 위에 누워 있는 아들을 바라보았다.

지난 일주일동안 잠도 제대로 자지 못하고 고통에 몸부림치는 아들만 바라보고 있었던 그녀로서는 이제야 한시름이 놓인다는 표정이었다.

잠시 후.

딩동—

현관에서 초인종 소리가 울리자 송태현이 다급하게 달려나갔다.

철컥—

문이 열리자 가장 먼저 한세한방병원의 이원우 원장의 얼굴이 보였다.

그의 뒤편으로 날카로운 눈빛의 70대 노인과 무표정한 얼굴로 송태현을 바라보고 있는 키가 크고 늘씬한 검은 머리의 젊은 여인이 있었다.

노인과 젊은 여인의 뒤쪽으로 깔끔한 양복 차림의 사내 3명이 제법 무거워 보이는 가방을 들고 서 있었다.

이원우 원장이 문을 열어준 송태현 사장에게 뒤쪽의 노

인을 가리키며 입을 열었다.

"중국에서 오신 염백천 대인이라고 하시는 분이십니다. 중국에서 청지림이라는 동양의학을 전문으로 하는 복지센터를 운영하시는 분이시지요. 아마 염 대인이라면 송사장님의 아들과 차장검사님의 아들을 제대로 치료하실 수 있을 것입니다."

이원우 원장의 말에 송태현이 염백천을 보며 정중하게 인사를 했다.

"어서 오십시오. 초대에 응해주셔서 정말 감사드립니다. 송태현입니다."

송태현이 인사를 하자 염백천이 이원우 원장을 바라보았다.

이원우가 재빨리 송태현의 말을 중국어로 통역해 주었다.

염백천이 이원우의 말을 듣고 이내 송태현을 바라보며 영어로 대답했다.

"염백천입니다. 중국어를 하시지 못하시면 영어로 말씀하시면 됩니다."

송태현이 환한 표정을 지었다.

"아! 그렇습니까? 알겠습니다. 일단 안으로 들어오시지요."

염백천이 빙긋 웃으며 입을 열었다.

"여긴 내 손녀입니다."

염백천이 염소하를 소개하자 염소하가 하얀 이를 드러내며 웃었다.

"염소하예요. 할아버지를 도와 환자를 치료할 겁니다."

이원우 원장이 끼어들었다.

"소하 아가씨도 염 대인과 함께 청지림에서 명의로 알려진 의원입니다."

송태현 사장이 반색을 했다.

"아! 그렇소?"

두 명의 의원이 도착했다는 말과 같았기에 송태현으로서는 자신의 아들이 단번에 자리에서 털고 일어날 수 있을 것이라는 믿음이 생겼다.

송태현의 안내로 아파트에 들어선 염백천과 염소희 그리고 그들을 수행해온 사내들이 아파트 내부를 눈으로 살폈다.

염소희의 눈이 살짝 흔들렸다.

한눈에 보아도 부유함과 풍족함이 느껴지는 아파트였다.

염백천과 염소희의 앞에 중년 여인 두 명과 건장한 남자가 정중하게 인사를 했다.

바로 송태현 사장의 부인과 김대길 차장검사 부부였다.

"어서 오세요."

"와 주셔서 감사드립니다."

두 명의 여인들의 얼굴에는 이제야 살았다는 안도의 표정이 떠올라 있었다.

염백천이 마주 인사를 했다.

"염백천이오."

염백천이 인사를 하자 송태현 사장의 부인이 와락 염백천의 손을 잡았다.

"우리 아들을 꼭 좀 살려주세요."

김대길 차장검사의 부인도 염백천의 다른 쪽 손을 잡으며 애원하는 표정으로 입을 열었다.

"꼭 좀 부탁드릴게요. 어르신."

두 여인에게 손을 잡히자 염백천이 살짝 난감한 표정을 짓다가 입을 열었다.

"최선을 다하겠습니다."

그때 염소희가 한강변의 야경이 내려다보이는 창가의 침대 곁으로 갔다.

염소희는 두 명의 사내가 침대에 누워서 고통스런 신음소리를 흘리고 있는 것을 보며 이마를 찌푸렸다.

"저 사람들인가요?"

염소희의 유창한 영어였다.

송태현이 급하게 머리를 끄덕였다.

"그렇습니다. 바로 저놈들입니다."

염백천도 두 여인의 손을 놓으면서 신중한 표정으로 침대 위에 누워 있는 두 명의 사내들을 바라보았다.

바로 김동하에게 용린활제라는 금제를 당한 채 누워 있는 김대길 차장검사의 아들 김종현과 송태현 사장의 아들인 송영철이었다.

김동하가 김종현과 송영철에게 가한 용린활제는 7일간의 극악한 고통을 경험한 뒤에 자연적으로 풀어지게 되어 있었다.

오늘이 마지막 7일째였기에 치료를 하지 않아도 되었지만 그것을 알고 있는 사람은 없었다.

염백천이 굳은 얼굴로 김종현과 송영철을 바라보며 물었다.

"저 사람들이 언제부터 저런 상황이었습니까?"

옆에 서 있던 이원우 원장이 입을 열었다.

"벌써 일주일 째 같은 증상을 보이고 있는 중입니다. 염대인."

이원우가 자신이 알고 있는 환자의 상태를 대신 말해주었다.

"이 원장께서 왜 치료가 시급하다고 한 것인지 알겠군요."

염백천이 고개를 끄덕이더니 성큼 김종현과 송영철이 누운 침대로 다가섰다.

잠시 거친 숨소리를 흘리고 있던 김종현과 송영철을 내려다보던 염백천이 손을 뻗었다.

그의 손이 힘없이 늘어진 송영철의 손목을 부드럽게 잡았다.

동시에 섬세하게 송영철의 손목 맥혈을 감지하기 시작했다.

지켜보던 염소희가 다른 침대 위에 누워 있는 김종현의 손을 잡았다.

그녀 역시 염백천처럼 김종현의 맥을 감지하려는 듯이 표정이 신중했다.

잠시 시간이 멈추어 버린 것처럼 염백천과 염소희는 미동도 하지 않고 두 사람의 맥혈을 감지하기 시작했다.

염백천이 미간을 좁혔다.

"기문과 장문이 막혀 있고 선기와 화개에 알 수 없는 기운이 감지되는군."

김종현의 맥혈을 짚어보던 염소하도 입을 열었다.

"유부, 욱중, 영허까지 뭔가 단단한 것이 틀어막고 있는 것 같아요. 할아버지."

염백천이 머리를 끄덕였다.

"나도 그리 느꼈다. 이 정도라면 무척 고통스러웠을 것인데… 서둘러 막힌 혈맥을 뚫지 않으면 큰일을 당할 수도 있겠구나."

"서둘러야 할 것 같아요."

염소희 역시 김종현의 혈맥에서 느껴지는 진동이 더 거칠어진다는 것을 감지하고 있었다.

하지만 그것이 김동하가 금제시켜 놓은 용린활제의 마지막 순간이라는 것임은 상상조차 할 수가 없었다.

그녀로서는 이런 식의 금제가 있다는 말조차 들은 적이 없었기 때문이다.

용린활제는 마지막 순간 김종현과 송영철의 막힌 혈맥에서 동시에 홍수에 제방이 무너지듯 사납게 용솟음치며 해혈이 되는 것이었다.

염백천이 자신과 손녀를 수행해온 사내들을 돌아보았다.

"시침을 할 것이다. 대보전을 시행할 것이니 준비하거라."

"예! 알겠습니다."

세 명의 사내들이 급하게 대답하며 재빨리 자신들이 가져온 가방을 풀기 시작했다.

사내들이 가방에서 꺼낸 붉은색의 긴 천을 바닥에 깔았다.

천 위에 한 뼘보다 긴 장침들이 수십 개 놓였고 뒤이어 그보다 작은 침들이 다시 고르게 올려졌다.

사내들은 이런 일에 능숙한 듯 짧은 시간동안 수백 개의

침을 붉은색의 천에 깔아놓았다.

뒤이어 기묘한 향이 풍겨지는 작은 환단 등도 한쪽에 놓아두었다.

대보전이란 청지림에서 오직 염백천만이 할 수 있는 대법으로 전신 혈맥 364개의 혈맥에 순차적으로 시침을 하는 것이다.

이 대보전은 거의 죽어가는 환자들에게만 시행하는 대법이기도 했다.

이미 시기를 놓친 환자들까지 기적적으로 회생하게 만드는 염백천의 독문기예라고 할 수 있었다.

한세한방병원의 원장 이원우도 신기해하는 표정으로 사내들이 하는 행동을 지켜보고 있었다.

자신이 운영하는 한세한방병원에서는 볼 수 없는 장면이었기 때문이다.

사내들이 모든 준비를 마치는 데에는 거의 5분도 걸리지 않았다.

염백천이 염소희를 보며 입을 열었다.

"너도 이 할애비가 침을 놓는 곳을 잘 보아두거라."

염소희가 눈을 반짝였다.

할아버지가 아직 자신에게 대보전의 기예는 전수해 주지 않고 있었기에 이참에 새롭게 눈을 뜰 수 있는 기회였다.

"네."

염백천이 대꾸 없이 긴 장침 하나를 들었다.

"석문에 삼 푼 한 치."

염백천의 손에 들린 긴 장침이 송영철의 배꼽 아래 한 뼘 부위를 손가락으로 감지하고 장침을 찔러 넣었다.

송태현 사장 부부와 김대길 차장검사 부부는 염백천이 시작하는 시침장면을 한순간도 놓치지 않고 바라보고 있었다. 방 안에는 침대 위에 누워서 힘겹게 숨 쉬고 있는 송영철과 김종현의 투박한 숨소리뿐 다른 소리는 하나도 들리지 않았다.

염백천은 송영철의 석문에 시침하고 곧장 김종현에게도 같은 곳에 시침했다.

그의 손끝을 바라보는 사람들의 눈에는 긴장과 초조함이 가득 담겨 있었지만 염백천은 거침이 없었다.

"기해에 두 푼."

"신결에 세 치."

"옥당에 반 푼."

단 한순간도 주저하지 않고 시침해 나가는 염백천의 모습은 그를 지켜보는 사람들에게 감탄을 느끼게 만들 정도로 진중했다. 이미 송영철과 김종현의 몸에는 수십 개의 침이 깊거나 때로는 아주 얕게 박혀 있었다.

그때였다.

"끄흑."

"컥!"

누워 있던 송영철과 김종현의 허리를 무언가가 당기는 듯 허공으로 휘었다. 시침을 하고 있던 염백천의 얼굴이 굳어졌다.

자신이 시침하고 있는 혈맥은 인간의 생명을 위험하게 만드는 사혈이 아닌 생혈이다. 그런데 이런 현상이 벌어지는 것은 처음으로 보았다. 그때 송영철과 김종현의 목에서 막힌 것이 뚫리는 듯 거친 숨소리가 튀어나왔다.

"허억!"

"커억!"

지금까지 고통스럽게 내뱉고 있던 숨을 틔게 만드는 듯한 숨소리였다. 이어 지금까지와는 다른 고른 숨소리가 흘러나오기 시작했다. 김동하가 금제해 놓은 용린활제의 형벌이 끝나는 순간이었다. 두 아들을 지켜보고 있던 두 명의 여인이 뾰족하게 비명을 질렀다.

"어머나! 우리 영철이 숨소리가 돌아왔어요."

"어머. 내 아들 종현이도 그래요."

두 여인은 앓고 있던 두 아들의 얼굴의 혈색이 돌아오고 숨소리가 달라지자 탄성을 터트렸다.

이원우 원장이 감탄한 듯 탄성을 터트렸다.

"여, 역시 염 대인이시군요."

지켜보고 있던 송태현 사장과 김대길 차장검사까지 놀란

얼굴로 다시 살아난 아들과 염백천의 얼굴을 번갈아 바라보았다. 염소희까지 탄성을 터트렸다.

"역시 우리 할아버지세요."

송태현이 염백천의 손을 와락 잡았다.

"어르신! 정말 고맙습니다. 그리고 대단하십니다."

김대길까지 정중하게 이마를 숙였다.

"감사합니다. 어르신."

염백천은 두 사람의 인사에 내심 당황하고 있었다.

자신이 생각하고 있던 결과가 아니었지만 의외로 두 명의 증상이 고작 이 정도의 시침으로 해결되었다는 것에 어리둥절하고 있었기 때문이다.

그로서는 그냥 두어도 저절로 용린활제의 금제가 풀어지게 되어 있었다는 것은 꿈에도 상상하지 못하고 있었다. 하지만 그런 표정을 지을 수는 없었다.

"허허 이 늙은이의 재주가 도움이 되었다니 다행입니다."

염백천이 부드럽게 웃으며 송태현과 김대길을 바라보았다. 송영철과 김종현은 염백천이 시침한 침을 몸에 박은 채 침대 위에서 깊은 잠에 빠져 있었다.

7일동안 극악한 고통에 잠조차 제대로 자지 못했던 그들이었기에 고통이 해결되자 그대로 잠에 빠져든 것이다.

자신들의 몸에 침이 박혀 있다는 것도 모를 정도로 깊은 잠에 빠져 버린 두 사내들의 입에서는 고른 숨소리가 흘러 나오고 있었다.

이원우 원장이 재빨리 두 명의 손목을 잡고 그들의 맥동을 살폈다. 아무런 이상 없이 힘차게 뛰고 있는 것이 그의 손끝에서 느껴졌다.

이원우가 아들을 걱정하던 부인들을 보며 입을 열었다.

"모든 것이 이상이 없습니다. 고통이 사라지니 단숨에 깊은 잠에 빠진 것 같군요. 한동안 자고 일어나면 괜찮을 것 같습니다."

아들들을 걱정하고 있던 송태현 사장의 부인과 김대길 차장검사의 부인이 반색을 하는 얼굴로 머리를 숙였다.

"정말 다행이에요."

"이 원장님이 저 어르신을 한국으로 초청하지 않았다면 아마 큰일이 났을 거예요. 이 원장님께 정말 감사드립니다."

이원우 원장이 민망한 듯 뒷머리를 긁었다.

"허허 제가 뭐 한 것이 있습니까? 다 중국에서 오신 염대인께서 큰일을 하신 것이지요."

이원우 원장이 부인들과 나누는 대화가 한국어였기에 한국말을 모르는 염백천은 이원우 원장이 자신을 칭찬하고 있다는 것을 알지 못했다.

염백천이 손녀 염소하를 보며 입을 열었다.

"당분간은 침을 회수하지 말거라. 틔워 놓은 혈맥이 제자리를 찾을 때 까지는 혈로를 열어놓아야 할 것이다."

염소하가 대답했다.

"예! 할아버지."

두 아들이 다시 살아난 것에 감사한 것인지 송태현 사장의 부인과 김대길 차장검사의 부인이 염백천의 앞으로 다가와 무릎을 꿇고 큰절을 했다.

"이 은혜를 어떻게 다 갚겠어요? 정말 고맙습니다. 어르신."

"저도 마찬가지예요. 제 아들을 살려주셔서 정말 감사드립니다. 어르신."

두 여인은 염백천 같은 명의는 이 세상에 두 명은 없을 것이라고 감탄하고 있었다.

염백천이 부드럽게 웃었다.

"뒤틀린 맥을 바로잡았으니 더는 고통스러워하지 않을 것입니다. 이 늙은이의 재주가 도움이 되었다니 다행입니다. 허허."

염백천이 겸양을 피우자 부인들이 황송해 하는 얼굴로 염백천을 올려다보았다. 그녀들에게 염백천은 그야말로 은인 중의 은인이었다. 그때였다.

"대인께서 이대로 호텔로 돌아가시는 것보다 당분간 이곳에서 머무시는 것이 어떻습니까? 불편한 호텔생활보다는 이곳이 더 편할 것입니다.”

송태현이 염백천을 이대로 돌려보낼 수 없다고 생각한 것인지 염백천에게 제안했다.

송태현 사장의 부인까지 거들고 나섰다.

“그래요. 오히려 불편한 호텔보다는 이곳이 지내시기 더 편하실 것입니다. 2층이 있으니 그곳을 대인께서 사용하시도록 하시면 될 것입니다.”

그렇지 않아도 두 개의 아파트를 복층으로 개조해서 사용하고 있던 중이었기에 하나의 층만 해도 충분히 머물 수가 있었다. 갑작스런 송태현의 제안에 염백천이 잠시 당황한 표정으로 눈을 껌벅였다.

이원우 원장이 거들었다.

“송사장님의 말씀대로 하시는 것이 좋을 것 같습니다. 좁은 호텔보다는 이곳이 더 편할 수도 있을 것입니다. 대인.”

염백천이 이를 드러내고 웃었다.

“허허 아무리 그래도 우리는 말도 잘 통하지 않는 이방인들이라 할 수 있는데 어찌 신세를 질 수가 있겠소?”

송태현의 제안을 넙죽 받아들이는 것은 민망하다는 것을 염백천도 알고 있었다. 김대길이 거들었다.

“송사장의 제안을 받아들이시죠. 저 역시도 대인께서 이곳에서 당분간 지내시는 것이 좋을 것 같습니다. 음식문

제도 그렇고 잡일을 도울 사람도 있어야 할 테니 송사장의 제안이 저도 좋을 것 같습니다."

송태현의 부인이 다시 끼어들었다.

"그리고 당분간 이곳에서 머무시면서 대인께서 치료해 주신 저 아이들의 상태도 좀 더 살펴봐 주시면 고맙겠습니다."

염백천이 손녀 염소하를 바라보았다.

"소하 네 생각은 어떠냐?"

염소하가 잠시 눈을 깜박이다가 머리를 끄덕였다.

"우리가 거처하는 것이 불편하지 않으시다면 제안을 받아들여 당분간 이곳에서 지내는 것이 좋겠어요."

"그래?"

이원우 원장이 끼어들었다.

"공항에서 대인과 아가씨를 수행해 왔던 한세병원의 직원들을 당분간 대인의 곁에서 돕게 하겠습니다. 외출하시자면 차도 필요할 것이니 그들을 이곳에 남겨놓도록 하지요."

이원우의 말에 염백천이 웃었다.

"허허 이렇게까지 도와주다니 정말 고맙구려. 이 원장!"

"하하 천만에요. 저도 좀 전에 대인께서 시침하시는 것을 보고 새롭게 깨달은 것이 많습니다. 이참에 대인께 좀 더 배우고 싶기도 하고요 하하하."

이원우 원장은 영문을 모를 증세로 가사상태에 놓여 있던 송태현 사장과 김대길 차장검사의 두 아들을 단숨에 완쾌시킨 염백천의 의술에 감탄했다.

그로서는 그냥 내버려두어도 저절로 나을 김동하의 금제라는 것을 꿈에도 상상하지 못하고 있었다.

염백천이 송태현을 바라보며 입을 열었다.

"허허 이 늙은이가 머무는 것이 불편하지 않으시면 그럼 잠시만 신세를 좀 지겠습니다."

송태현이 환한 표정으로 머리를 끄덕였다.

"하하 불편하다니요? 오히려 대인 같은 분을 같은 공간에서 모시게 되어 제가 영광입니다."

"하하 그런가요?"

염백천이 자신의 집에서 머문다는 것이 반가운 송태현이 급하게 머리를 돌려 자신의 아내를 바라보았다.

"여보! 뭐하고 있어? 염 대인이 머물 2층으로 안내해 줘요."

송태현 사장의 부인이 급하게 대답했다.

"네, 알았어요."

송태현 사장의 부인이 염백천의 손녀 염소하를 바라보며 입을 열었다.

"2층으로 안내해 드릴게요. 아가씨!"

염소하가 살짝 웃었다.

"감사합니다."

"호호 천만에요. 아이고 예쁘기도 하셔라."

송태현 사장의 부인이 호들갑을 떨며 염소하를 이층으로 올라가는 계단으로 이끌었다. 그 모습을 본 김대길 차장검사가 송태현 사장을 보며 입을 열었다.

"이럴 것이 아니라 염 대인과 이렇게 인연을 맺었으니 우리 제대로 인연을 만들어 보는 것이 어떤가? 마침 이 원장도 함께 있으니 더 잘된 기회가 아닌가? 내가 듣기로는 중국 속담에 사해가 동도라는 말이 있던데 같은 공간에 모였으니 이참에 염 대인에게 제대로 인사를 하고 친해보자는 말일세."

김대길이 송태현에게 건네는 말은 한국말이었기에 염백천은 이해하지 못하고 있었다. 눈치가 빠른 이원우 원장이 재빨리 그들이 한 말을 통역해서 들려주었다.

염백천이 놀란 얼굴로 김대길을 바라보았다.

김대길의 제안을 받은 송태현이 반색을 했다.

"하하 염 대인께서 찬성해 주신다면 나로서는 절대 환영이지. 내가 이 나이에 어디 가서 이런 분을 지인으로 모시겠나?"

염백천이 끼어들었다.

"이 원장에게 들으니 두 분께서 이 늙은이와 인연을 맺고 싶다고 하셔서 그런데 정말이시오?"

김대길이 재빨리 대답했다.

"물론입니다. 대인께서 허락해 주신다면 친형님처럼 모시고 싶습니다. 비록 국적이 다르고 성이 다르지만 저희들과 교분을 허락해 주신다면 정말 친형님처럼 모시고 싶습니다."

송태현도 끼어들었다.

"저 역시 마찬가집니다. 대길이 이 친구와 교분을 나눈지 수십 년이 되었지만 이처럼 같은 생각을 동시에 해보는 것은 처음인 것 같습니다."

두 사람의 제안에 염백천이 이를 드러내며 웃었다.

"허허 두 분께서 그리 생각해 주신다면 이 늙은이도 염치없지만 두 분과 교분을 나누고 싶습니다."

이원우 원장이 끼어들었다.

"세 분 사이에 저도 끼워주시면 안됩니까? 저는 막내 자리도 좋습니다."

이원우 원장도 염백천과 송태현 그리고 김대길과 좋은 관계를 맺고 싶었다. 송태현이 웃었다.

"하하 이 원장께서도 끼어드신다면 반대할 이유가 없지요."

김대길도 머리를 끄덕였다.

"이 원장님도 그럼 함께합시다."

"하하 감사합니다."

송태현이 호탕한 웃음을 터트리며 입을 열었다.

"이런 날 이대로 끝낼 수는 없지요. 우리 집에 좋은 술이 많으니 오늘 기쁜 마음으로 한번 취해봅시다."

송태현 사장에게 최고의 근심거리였던 아들의 병세가 완치되었다. 아들을 낫게 만들어준 염백천과 인연을 맺는 것에 마음이 들뜬 송태현이었다.

때마침 2층으로 염소하를 안내해 주었던 송태현의 아내가 다시 염소하와 나란히 2층에서 내려오고 있었다.

2층의 구조 역시 아래층과 같았기에 일단 보여준 후에 아래층에서 자세한 설명을 해주면 될 것이라 생각해서 다시 내려온 것이다. 송태현이 아내를 발견하고 호탕한 웃음을 지으며 입을 열었다.

"하하 여보, 오늘 염 대인이랑 술 한잔 할 생각이니 술상 좀 만들어 줘요."

송태현의 부인이 눈을 크게 떴다.

"어머, 어르신이랑 술을 마신다고요?"

"응! 앞으로 대길이 이 친구랑 염 대인을 친형처럼 모시기로 했어. 그러니 술상 좀 차려 봐요."

"정말이에요?"

"그래 정말이야."

송태현이 크게 고개를 끄덕이자 그의 아내가 호들갑을 떨며 몸을 돌렸다.

"종현 엄마도 들었어요?"

"네! 나도 들었어요. 같이 도울게요."

두 여인이 급하게 주방 쪽으로 향했다.

염백천으로서는 생각지도 않게 한국에서 자신에게 엄청난 도움이 될 두 사람을 지인으로 만드는 기막힌 행운까지 함께 거머쥐는 순간이었다.

염소하가 눈을 깜박이며 할아버지의 얼굴을 바라보고 있었다. 염백천이 웃으면서 염소하에게 입을 열었다.

"이분들과 형제와 같은 교분을 나누기로 했다. 이제 침을 거두고 너도 끼어들거라."

염소하의 눈이 커졌다.

그녀는 그야말로 어떤 식으로든 좀 더 친밀한 관계로 발전하기를 빌어야 할 사람들이라고 생각했던 터였다. 그 때문에 호텔 대신 이곳에서 머물러 달라는 제안을 받아들였다. 그런데 그런 상황이 저절로 찾아오고 있자 염소하는 심장이 두근거리는 느낌까지 들었다.

"아, 알겠어요."

염소하가 머리를 돌려 청지림에서 동행해온 수행원들을 보며 빠르게 말했다.

"침을 거둘 거예요."

"알겠습니다. 아가씨."

세 명의 사내가 서둘러 송영철과 김종현의 몸에 고슴도

치의 가시처럼 박혀 있는 침을 회수하기 시작했다.

염소하는 한국행을 선택한 이번의 기회가 청지림에게 엄청난 날개를 달아주는 기회가 되었다고 생각했다.

침을 거두는 염소하의 귀 옆으로 흘러내린 검은 머리칼이 부드럽게 흩날리고 있었다.

칼날

인천광역시 부평구 부평동에 위치한 유한 인터넨털 호텔은 초저녁부터 20대의 젊은이들로 북적이고 있었다.

유한 인터넨털 호텔의 지하에 위치한 '미카'라는 나이트클럽이 새 단장을 마치고 오픈한 것 때문이었다.

유한 인터넨털 호텔의 나이트클럽 미카는 인천을 비롯해 수도권 지역에서도 꽤나 유명한 곳이었다.

그 때문에 서울에서도 일부러 부평까지 찾아오는 젊은이들이 많았다.

더구나 미카의 오픈에 맞춰서 요즘 텔레비전에서 신성 아이돌로 떠오르고 있는 '핫픽'이라는 남성 5인조 그룹이

축하공연을 할 것이라는 예고가 나가자 팬심 넘치는 젊은 이들이 앞 다투어 미카로 찾아왔다.

유한 인터넨털 호텔은 인천지역에서 나름 유명한 4성급 호텔이었고 종종 젊은 연인들이 약속 장소로 정하는 곳이기도 했다.

오후 7시 10분.

유한 인터넨털 호텔의 로비 정문 쪽으로 윤이 번득이는 흰색의 대형승용차가 들어서고 있었다.

서울 시내에서도 흔히 볼 수 없는 롤스로이스였기에 로비에서 손님의 승용차를 안내하는 호텔직원이 긴장한 얼굴로 바라보았다.

롤스로이스는 정확하게 호텔 로비의 정문 앞에 멈춰 섰다.

끼익—

차가 멈추어 서자 호텔 안내직원이 급한 걸음으로 다가왔다.

딸칵—

조수석의 문이 먼저 열리고 40대의 건장한 사내가 내려섰다.

롤스로이스를 향해 다가오던 호텔 직원이 사내의 얼굴을 보며 인사를 하려다 멈칫했다.

사내의 얼굴에 이마에서 턱까지 길게 드러난 흉측한 흉

터가 눈이 띄었기 때문이다.

조수석에서 내린 남자는 김동하의 뒤를 따라 천공불진을 열고 시공간의 벽을 넘은 둘째사숙인 해진의 아들 권휘였다.

권휘가 주변을 힐끗 돌아본 후에 이내 롤스로이스의 뒷문을 열었다.

"도착했습니다, 아버지."

권휘의 말에 뒷좌석에 앉아 있던 냉막한 해진이 얼굴을 드러냈다.

아무리 여름코트라고 해도 이런 늦더위의 날씨에 긴 옷을 걸치고 있는 해진의 모습은 사람들의 이목을 끌기에 충분했다.

하지만 몸의 살갗을 드러내면 강한 힘을 가진 해진이라고 해도천공불진을 지나며 당한 빙막의 한기 때문에 고통을 느끼게 되기에 어쩔 수 없는 일이었다.

또한 이미 부산에서 이런 모습이 사람들에게 두려움을 안겨주는 표식이 될 정도로 인지도가 높았기에 바꿀 생각도 없었다.

해진을 모르는 사람들이 호텔 앞에 기묘한 복장으로 서 있는 해진과 가슴이 섬뜩할 정도로 징그러운 흉터를 가진 권휘를 놀란 듯 눈을 크게 뜨며 바라보고 있었다.

해진과 권휘의 모습은 참으로 기묘한 조합이었다.

하지만 권휘나 해진은 전혀 주변의 시선을 의식하지 않고 있었다.

"이곳이냐?"

롤스로이스에서 내린 해진이 화려한 조명을 반짝이는 22층짜리 유한 인터넨털 호텔의 전경을 올려다보았다.

"예! 이곳입니다 아버지."

권휘의 대답을 들은 해진이 작게 머리를 끄덕였다.

"마음에 드는 곳이다."

해진의 말에 권휘가 빙긋 웃었다.

"곧 아버지의 손에 들어오게 될 것입니다."

"그래야지."

아들 권휘의 대답이 마음에 든 것인지 냉막한 해진의 얼굴에 작은 미소가 떠올랐다가 지워졌다.

"태명의 회장이 만나자고 한 곳이 어디냐?"

"호텔 최상층에 있는 스카이라운지 특실입니다."

"그래?"

머리를 끄덕인 해진이 호텔 로비 안으로 걸음을 옮겼다.

권휘가 그런 해진의 뒤를 따랐다.

권휘와 해진의 모습을 보며 긴장한 얼굴로 서 있던 호텔 직원이 딱딱하게 굳은 얼굴로 문 옆으로 비켜섰다.

두 사람의 얼굴만 보았어도 말도 함부로 걸 수 없을 정도의 위압감을 느낀 것이다.

권휘와 해진이 로비로 들어가자 두 사람이 타고 온 롤스로이스가 조용히 움직여 호텔 정문의 한쪽으로 옮겨서 멈춰 섰다.

호텔 방문객이나 손님들이 타고 온 차들이 많이 왕래하는 자리였지만 롤스로이스는 아예 처음부터 그 자리가 자신의 주차 자리인 듯 움직이지 않았다.

해진과 권휘가 유한 인터넨털 호텔의 로비로 들어서자 단번에 사람들의 시선을 끌었다.

하긴 한여름인데도 바닥에 끌릴 정도로 긴 코트를 입은 해진의 모습과 얼굴에 흉측한 상처가 있는 권휘의 모습은 누가 보아도 이상하고 괴팍한 조합이었다.

유한 인터넨털 호텔의 로비 담당지배인 이춘배는 로비로 들어서는 해진과 권휘를 보며 놀란 듯 눈을 껌벅이다가 급하게 다가왔다.

"어서 오십시오. 고객님!"

"……."

로비담당 지배인 이춘배의 인사에 해진과 권휘가 아무 말 없이 이춘배를 바라보았다.

이춘배가 물었다.

"투숙을 하실 것이면 저쪽 접수데스크에서……."

이춘배의 말이 끝나기 전에 권휘가 이춘배의 얼굴을 보며 나직하게 입을 열었다.

"태명의 박회장을 만나러 왔다."
권휘의 말에 이춘배의 얼굴이 굳어졌다.
"예?"
"태명의 박기출 회장을 만나러 왔다고 했다."
권휘의 목소리는 얼음처럼 차갑고 싸늘했다.
마치 그의 얼굴에 드러난 흉측한 상처처럼 목소리조차 갈라진 느낌이 들 정도였다.
이춘배가 놀란 듯 눈을 껌벅였다.
이춘배가 태명그룹의 박기출 회장을 모를 리가 없었다.
이곳 유한 인터넨털 호텔이 바로 태명그룹의 박기출 회장의 소유라는 것을 모르는 호텔직원은 아무도 없을 것이다.
인천지역을 기반으로 하는 태명신용금고와 태명 캐피털, 태명건설, 태명수산, 태명관광 등 10여개의 계열사를 거느리고 있는 태명그룹은 꽤나 높은 자본금을 보유하고 있는 탄탄한 기업으로 인정받고 있었다.
그렇지만 태명그룹의 박기출 회장이 인천지역의 검은 세력과 결탁해 있다는 것은 공공연한 비밀이었다.
로비담당 지배인 이춘배가 굳은 표정으로 물었다.
"회, 회장님과 약속을 하셨습니까?"
권휘가 살짝 이마를 찌푸렸다.
"약속도 없이 무작정 찾아온 것 같나?"

“아, 아닙니다.”

이춘배는 권휘의 표정을 보는 순간 입구를 담당하던 안내직원처럼 공연한 위압감을 느꼈다.

권휘가 이춘배를 바라보며 입을 열었다.

“스카이라운지로 안내해.”

그냥 간단한 말이었지만 이춘배에게는 윽박을 지르는 듯한 어투였다.

이춘배가 굳은 얼굴로 머리를 숙였다.

“아, 알겠습니다.”

이춘배가 조심스런 얼굴로 해진과 권휘의 얼굴을 바라보다가 이내 몸을 돌려 엘리베이터가 있는 곳으로 걸음을 옮겼다.

그런 이춘배의 뒤를 해진과 권휘가 조용히 따르고 있었다.

로비에서 투숙접수를 하려던 외국인들과 단순히 로비를 방문한 사람들이 해진과 권휘의 모습을 놀란 눈으로 바라보고 있었다.

엘리베이터에 도착한 이춘배가 엘리베이터의 문을 열고 해진과 권휘가 타기를 기다렸다.

두 사람이 엘리베이터에 오르자 이춘배가 22층의 버튼을 누르고 입을 열었다.

“22층에 도착하시면 안내하는 직원이 있을 것입니다.”

이춘배는 자신이 담당하고 있는 로비를 떠날 수 없었기에 엘리베이터가 상승을 시작하면 인터폰을 통해 22층의 객실담당 직원에게 연락할 생각이었다.

그런 이춘배를 바라보며 권휘가 나직하게 말했다.

"당신이 직접 안내해."

"예?"

이춘배가 놀란 표정을 지었다.

권휘의 이마가 찌푸려졌다.

"여러 번 말을 반복하게 하는군. 당신이 직접 박기출 회장의 앞으로 우리를 안내하란 말이다."

싸늘한 말이었다.

이춘배가 멈칫했다.

그때까지 아무 말 하지 않고 있던 해진이 이춘배를 보며 나직하게 입을 열었다.

"성가시게 하지 말고 그냥 시키는 대로 하는 게 좋을 거야. 계속 이곳에서 일을 하고 싶다면 말이다."

태명의 회장 박기출을 만나면 이곳 유한 인터넨털 호텔은 자신의 소유가 될 것이라고 확신하고 있는 해진이었다.

그 때문에 귀찮게 반문하는 이춘배가 성가시게 느껴졌다.

이춘배가 굳은 얼굴로 머리를 숙였다.

"알겠습니다."

대답을 하는 이춘배의 얼굴은 하�—게 질려 있었다.

해진과 단지 눈빛이 한번 마주친 것뿐인데 그야말로 온몸이 얼어붙어 버리는 듯한 한기를 느껴버린 것이다.

결국 이춘배가 엘리베이터에 올라타서 같이 동행하기 시작했다.

위이이이잉—

엘리베이터가 상승을 시작하자 해진의 이마가 찌푸려졌다.

엘리베이터가 상승과 하강을 할 때 느껴지는 기묘한 감각은 천공불진을 열고 도착한 이곳에서 10년 넘게 살아온 지금도 익숙해지지 않았다.

두 사람은 아무 말도 하지 않았고 유한 인터넨털 호텔의 로비담당 지배인 이춘배도 아무 말하지 않았다.

엘리베이터의 안은 답답할 정도의 침묵으로 잠겨 있었다.

“늦는다고 말한 송도의 인갑이도 지금은 도착했겠지?”

“예! 송도 식구 20여 명을 데려와서 아래층에서 대기시켜 놓았습니다, 송도지부장 최인갑은 조금 있다가 올라올 것입니다. 회장님.”

“잘했다.”

유한 인터넨털 호텔의 22층 스카이라운지 특실 안에서

흘러나오는 목소리는 약간 짜증이 담겨 있는 듯했다.

20여 평이 넘는 넓은 방 안이었다.

방안의 중앙에 폭 2m 정도의 긴 테이블이 놓여 있었고 테이블의 좌우에는 보기만 해도 잠겨들 것 같은 호화로운 소파가 놓여 있었다.

소파에는 건장한 사내들 20여 명이 굳은 얼굴로 상석에 앉은 거구의 사내를 바라보고 있었다.

상석에는 100kg이 넘을 것 같은 비대한 체구의 남자가 회색빛 양복을 걸친 채 거만한 표정으로 앉아 있었다.

늘어진 볼살과 목이 구분되지 않을 것 같은 두툼한 턱살은 보는 사람들을 답답하게 만들 정도로 살찐 모습이었다.

키는 170cm가 넘지 않을 것 같은 단구였지만 차가워 보이는 눈빛과 꾹 다물어진 입술은 사내가 평범한 사람이 아니라는 것을 짐작하게 만들었다.

박기출.

현 태명그룹의 회장이지만 실질적으로는 인천의 밤 세계와 깊게 연결되어 있는 자였다.

태명그룹의 막강한 자본력으로 인천의 조직들을 지배하고 있는 사내가 바로 박기출이라는 것을 알고 있는 사람은 그다지 많지 않았다.

빈약한 자본금에 뒷골목의 하류깡패로 살아가던 인천의 조직들은 합법적으로 운영하고 있는 태명그룹과 연결됨으로 인해서 자연스럽게 박기출의 하부조직으로 흡수되었다.

인천 전역에 흩어져 있었던 크고 작은 조직들은 박기출의 하부조직으로 흡수되는 것이 싫지 않았다.

박기출의 하부조직으로 흡수되면서 인천지역에 위치한 밤업소의 보호비를 갈취하거나 각 영역의 소유권을 주장하며 충돌하는 조직들과의 마찰도 필요 없었고, 타 조직과의 이권마찰도 확실하게 줄면서 해결되는 것을 알았기 때문이다.

그 때문에 인천지역에서 박기출의 영향력은 참으로 대단했다.

인천을 지역구로 둔 현 국회의원들이나 서울지역의 정치인들과도 친분이 두터웠다.

다음번 총선에서는 야당인 세민당의 공천을 받아 출마할 것이라는 말도 있었지만 정작 박기출의 입을 통해서는 그런 말이 흘러나오지 않았다.

다만 박기출이라면 충분히 당선이 가능하다는 말이 있었기에 그의 총선 출마선언을 기다리는 사람들이 많았다.

그 때문에 인천지역의 조직들은 박기출을 조직의 대부로 생각하고 있었다.

각 조직들의 이름도 태명회 ㅇㅇ지부라는 이름으로 고쳐서 부를 정도로 박기출의 영향력은 인천지역에서는 상상을 초월할 정도로 막강했다.

그런 태명회에 전원소집 비상이 걸린 것은 초유의 일이었다.

박기출은 자신의 좌우에 긴장한 얼굴로 둘러앉은 20여 명의 사내들을 바라보며 어금니를 깨물었다.

"망할 놈! 감히 내 것을 자기 마음대로 삼키려고 하다니… 날강도 같은 놈."

누구를 지칭하는 것인지 모르지만 박기출의 입에서 흘러나오는 목소리에는 잔뜩 노기가 담겨있었다.

그때 소파에 앉아 있던 사내 한 명이 입을 열었다.

"회장님! 회장님의 심기를 건드린 자가 누군지 모르지만 우리 태명회 지부전체를 소집할 정도로 중요한 자가 아니라면 제 선에서 그냥 처리해 드리겠습니다."

사내의 말에 박기출이 사내를 바라보았다.

소래포구와 월　지역을 담당하는 남동지부 지부장 고영석이었다.

예전에는 상어파라는 이름으로 불렸지만 지금은 태명회 남동지부로 그 이름을 바꾸었다.

고영석은 백상아리같이 한 번 물면 절대로 떨어지지 않는다고 알려졌기에 별명이 상어였고, 그가 이끌던 조직도 상어파라는 별칭이 생긴 것이다.

성격이 잔인하고 고기상자를 나를 때 쓰는 갈고리를 무

기로 사용한다고 알려져 있는 고영석이었다.

자신의 손에 두 개의 갈고리가 주어진다면 10분 안에 사람이건 짐승이건 뼈만 남기고 모두 발라낼 수 있다고 스스로 장담하는 자였다.

박기출이 이마를 찌푸렸다.

"쓸데없는 소리, 상어 너 혼자서 감당할 수 있는 놈이 아니다."

고영석이 머리를 흔들었다.

"저에게 기회를 주신다면 회장님께 직접 보여드리겠습니다."

고영석은 태명회의 박기출에게 확실하게 눈도장을 받고 싶은 욕심에 과욕을 부리고 있었다.

고영석이 나서자 다른 사내들도 나섰다.

"아닙니다. 회장님! 제가 처리하겠습니다."

"아닙니다, 이건 우리 남부지부가 처리하도록 하겠습니다."

"회장님!"

고영석이 시작한 일이었지만 스카이라운지에 모인 20여 명의 사내들이 너도나도 나서면서 한순간 스카이라운지 특실이 소란스럽게 변했다.

박기출이 이마를 일그러트렸다.

"다들 입 닫아."

찌렁한 박기출의 고함소리였다.

순간 사내들이 입을 닫고 박기출을 바라보았다.

박기출이 이마를 찌푸리며 입을 열었다.

"지금 이곳으로 오고 있는 놈은 누구 하나 혼자서 감당할 수 있는 자가 아니란 말이다. 내가 웬만한 일로 너희들 전부를 소집할 것 같으냐?"

우렁찬 박기출의 목소리가 스카이라운지 특실을 울렸다.

이미 박기출의 지시로 유한 인터넨털 호텔의 스카이라운지는 외부인은 더는 입장할 수가 없었다.

그 때문에 본래 300평이 넘는 스카이라운지는 그야말로 태명회의 파티장 같은 분위기였다.

하지만 지금은 파티장에서 흔하게 흘러나오는 음악소리조차 들리지 않는 음산한 침묵 속에 빠진 느낌이었다.

박기출의 호통에 사내들이 민망한 듯 얼굴을 숙이고 있었다.

박기출이 나직하게 입을 열었다.

"너희들에게 말은 하지 않았지만 이곳으로 오고 있는 놈은 보통 놈이 아니다. 나로서도 감당하기가 벅찬 놈이란 말이다. 그 때문에 너희들을 모두 소집한 것이고."

"……."

아무도 입을 여는 사람이 없었다.

박기출이 이마를 찌푸렸다.

"멍청하게 너희들이 개인적으로 덤벼서는 그놈의 털끝 하나 건드리지 못한다는 것을 알아 두거라."

박기출의 말에 사내들이 입맛을 다셨다.

남동지부의 상어 고영석이 잠시 머뭇거리다가 입을 열었다.

"그, 그럼 회장님께서 걱정하시는 그자가 누군지 이름이라도 말씀해 주시겠습니까?"

고영석이 박기출의 두툼한 얼굴을 빤히 바라보았다.

역시 상어라는 별명답게 쉽게 물러날 고영석이 아니었다.

박기출이 잠시 머뭇거리다 입을 열었다.

"부산의 부영회 회장 살귀 해진과 부영상사 사장 마귀 권휘다."

순간 특실이 안이 조용해졌다.

부산의 부영회 회장 살귀 해진과 부영상사의 사장 마귀 권휘라면 이곳에서 모르는 사람이 없었다.

불과 몇 년 전만 해도 부산의 부영회는 이곳 인천의 태명회와 왕래가 있었고 나름 친분까지 있었다.

또한 부영회 회장 살귀 해진과 부영상사 사장 마귀 권휘에 대한 믿어지지 않는 소문도 많이 떠돌았다.

살귀 해진이 20명을 상대로 싸워 모두 피곤죽으로 만들어 놓았다는 황당한 소문이나 마귀 권휘가 혼자서 부산 자갈치시장 일대를 영역으로 활동하는 폭력조직 동수파를 모조리 깨트렸다는 소문 등은 아직도 술자리에서 종종 흘러나오는 허풍과 같은 신화였다.

그런 부영회의 회장과 부영상사의 사장이 이곳으로 올 것이라는 말에 모두가 눈을 껌벅였다.

고영석이 물었다.

"부영회가 갑자기 왜 회장님을 찾는 겁니까?"

고영석의 말에 박기출이 이를 악물었다.

"동일수산의 일 때문이다."

"동일수산이라면……."

고영석이 눈을 껌벅였다.

3년 전 중국과 수산물 수출입 계약을 맺은 곳은 부산의 암남동에 위치하고 있었던 동일수산이라는 곳이었다.

갑각류를 비롯해 각종 어패류와 상등품의 고급어종을 동일수산을 통해 수입하기로 계약한 것이다.

당시 동일수산의 중국과의 거래규모는 연 2,000억 원의 수산물 수출입이었고 동일수산에겐 그야말로 황금알을 낳는 거래라고 할 수가 있었다.

그런 동일수산이 부산의 부영회에 합병됨으로 인해서 부영회에 엄청난 이득을 안겨주었다.

부영회로서는 알토란같은 이득을 안겨준 동일수산을 계

열사로 끌어들인 것은 참으로 현명한 선택이었다.

당시 부영회는 전문 경영인을 채용하여 부영회의 모든 경영 실무를 담당하게 만들었고 그 결과 동일수산 같은 알토란 기업을 끌어들일 수 있었다.

하지만 생각지 않았던 변수가 생긴 것이 3년 전이었다.

부영회가 인수한 부산의 동일수산과 계약을 하고 있던 중국의 선진수산이 거래처를 인천의 태명수산으로 바꾸었다.

그 결과 부영회로서는 한순간에 닭 던 개가 지붕 쳐다보는 상황이 되었다.

내막은 부산의 동일수산에서 중국의 선진수산과 단독계약으로 엄청난 이득을 보고 있다는 것을 알게 된 태명그룹의 박기출 회장이 중국의 선진수산을 직접 접촉해서 회유하여 태명수산으로 거래처를 바꾸어 놓았던 것이었다.

동업자 관계로서는 비열한 행동이었고 부영회의 살귀라 불리는 회장 해진이 직접 박기출에게 연락해온 것이 바로 그때였다.

당장에 박기출을 부산으로 불러낸 해진이 동일수산의 원상복구를 요구했다.

박기출은 부산지역에서 떠돌고 있는 부영회 회장인 해진에 대한 소문을 듣고 그가 잔혹할 정도로 강하고 냉정한 사람이라는 말도 들었다.

부산에서 해진과 대면한 박기출은 자신이 가진 힘으로 해진과 맞서기에는 자신의 세력이 약세였을 뿐더러, 해진이 사람의 목숨을 해치는 것도 전혀 망설이지 않을 정도로 잔인하며 맨손으로 부영회를 이 정도까지 끌어올릴 만큼 두렵고 무서운 사람이라는 것을 알고 있었다.

그렇기에 동일수산에서 입은 피해금액을 보상하겠다는 말로 설득하여 무마한 뒤에 인천으로 돌아왔다.

부영회의 회장 해진으로서는 당시 부산일대와 전라도지역을 비롯해 경상도지역으로 부영회의 영역을 넓혀나가던 중이었기에 박기출의 제안을 어쩔 수 없이 받아들였다.

하지만 그것이 끝이었다.

박기출이 약속한 태명그룹으로부터 동일수산에 대한 어떠한 보상도 받지 못하고 지금까지 시간을 끌어온 것이 문제였다.

전국으로 부영회의 영역을 넓히기로 작정한 살귀 해진은 3년 전의 동일수산 보상금 문제를 걸고 지금 자신을 찾아오는 것이다.

부영회에서 요구하는 금액은 박기출로서는 입이 쩍 벌어질 정도로 엄청난 금액이었다.

1,200억이라는 거액을 배상금으로 요구했기에 박기출로서는 심장이 떨어질 정도로 놀랄 수밖에 없었다.

더구나 부산지역을 비롯해 전국으로 부영회가 영역을 넓

힌다는 것을 알고 있었기에 나름 자신도 준비를 해 놓고 있었지만 결과는 박기출을 두렵게 만들어 놓았다.

고영석이 이마를 찌푸리며 입을 열었다.

"동일수산이라면 3년 전에 이미 마무리되지 않았습니까? 그까짓 배상금 몇 억이면 된다고 그때 회장님께서 직접 말씀하셨습니다."

고영석은 동일수산과의 일이 마무리 된 것으로 생각하고 있었다.

박기출이 입술을 질근 깨물었다.

고영석의 말대로 3년 전에 그냥 몇 억이든 몇 십 억이든 부영회에 전했다면 지금의 상황은 만들어지지 않았을 것이라는 생각이 들었다.

하지만 당시에는 자신의 손에서 몇 푼의 돈이 빠져나가는 것조차 아까워서 미적거리다 아예 잊어버렸던 것이 문제가 되었다.

"끙~."

박기출의 입에서 앓는 소리가 흘러나왔다.

3년 전이라면 많아야 10억 정도의 배상금으로 끝낼 수도 있었을 것이지만 지금은 그것이 1,200억으로 불어 있었다.

이자에 이자가 붙는 복리이자와 자신이 예상한 배상금의 액수보다 부영회의 해진이 요구하는 배상금이 상당한 차이가 있었기 때문이다.

박기출이 입을 열었다.

"부영회의 회장과 부영상사의 사장이 도착하면 결코 화기애애한 분위기만은 아닐 것이다. 그쪽에서 요구하는 것과 내가 내어줄 수 있는 것이 다르다면 서로 충돌하게 될 것이니 너희들을 부른 거야. 그러니 함부로 나서지도 말고 끼어들지도 말고 그냥 보고만 있어. 필요하다면 내가 지시를 할 테니까 말이다. 알겠느냐?"

박기출의 말에 사내들이 이마를 숙였다.

"알겠습니다."

"알겠습니다. 회장님."

"예! 회장님."

태명회의 각 지부 부장들이 대답을 하며 머리를 숙였다.

그때였다.

똑똑.

문에서 노크소리가 들리며 문이 열렸다.

"회장님! 손님이 오셨습니다."

문 안으로 들어서는 사내는 유한 인터넨탈 호텔의 로비담당 지배인 이춘배였다.

이춘배의 뒤로 여름코트를 걸친 모습의 해진과 얼굴에 지렁이같은 흉터가 선명하게 새겨진 권휘가 들어섰다.

안으로 들어서는 해진의 눈은 차갑게 가라앉아 있었다.

박기출이 급하게 자리에서 일어섰다.

그러자 소파의 좌우에 앉아 있던 태명회의 각 소속 지부장들도 자리에서 일어섰다.

박기출이 해진을 보며 허둥거리며 다가왔다.

"어, 어서 오시오. 해회장!"

박기출은 해진의 본명을 모르고 있었기에 해회장이라는 약간 듣기에는 이질적인 호칭을 사용했다.

해진이 담담한 얼굴로 다가오는 비대한 체구의 박기출을 바라보았다.

박기출이 해진의 아들 권휘에게도 시선을 돌렸다.

"어서 오시오 권사장! 오랜만이군요."

권휘가 살짝 입술을 비틀며 웃었다.

"오래 전에 박회장님께서 약속한 빚을 받으러 왔습니다."

권휘의 입술은 웃고 있었지만 눈은 웃고 있지 않은 차가운 모습이었다.

해진이 특실에 모여 있는 20여 명의 사내들을 둘러보았다.

"손님을 맞이하기 위해서 박회장께서 준비해둔 사람이오?"

박기출이 호들갑스럽게 웃었다.

"하하 그냥 오랜만에 해회장과 권사장께서 올라오신다

고 하시기에 두 분에게 인사나 시키자고 불러낸 저의 직원들입니다."

박기출이 태명회의 지부장들에게 호통 쳤다.

"뭘 하나? 부산의 부영회 회장님이신 해진 회장님과 부영상사 권휘 사장님이다. 인사드려라."

박기출의 말에 모두가 해진과 권휘를 향해 머리를 숙였다.

"안녕하십니까?"

"어서 오십시오 회장님!"

"안녕하십니까?"

인천지역의 태명회 지부장들의 인사가 우렁차게 울렸다.

해진과 권휘가 차갑고 냉정한 얼굴로 태명회의 지부장들이 인사를 하는 것을 바라보고 있었다.

해진과 권휘를 데려온 유한 인터넨털 호텔의 로비담당 지배인 이춘배가 해진과 권휘를 보며 머리를 숙였다.

"그럼 저는 이만 돌아가겠습니다. 회장님."

이춘배는 태명그룹의 최기출 회장이 자신이 안내해온 두 사람이 부산의 부영회 회장과 부영상사의 사장이라는 말에 가슴이 철렁 내려앉은 중이었다.

하마터면 회장의 손님에게 실례를 할 수도 있었다는 생각이 등골까지 서늘해지는 느낌이었다.

이춘배가 머리를 숙이고 몸을 돌려 나갔다.

이춘배가 나가는 순간 안으로 또 한 명의 사내가 들어서고 있었다.

태명회 송도지부에서 늦게 도착한 최인갑이라는 사내였다.

최인갑이 안으로 들어서다 입구 쪽에 서 있는 두 사내를 보며 눈을 크게 뜨고 힐끗 보았다.

그의 눈에 두 사내의 앞에 서 있는 박기출 회장의 모습이 들어왔다.

"안녕하십니까? 회장님! 송도지부의 최인갑입니다. 늦어서 죄송합니다."

박기출이 이마를 찌푸리며 머리를 흔들었다.

"한쪽으로 가서 앉아 있어."

"예!"

최인갑이 머리를 숙이고 이내 소파의 말석 쪽으로 걸음을 옮겼다.

박기출이 해진을 보며 입을 열었다.

"멀리서 오셨으니 목마르실 것입니다. 일단 앉아서 목이나 축이면서 이야기하시지요."

권휘가 해진을 바라보았다.

"어떻게 할까요?"

해진이 대답했다.

"애초에 우리가 부산을 떠난 이유가 뭣 때문이냐?"

해진의 대답을 들은 권휘가 머리를 끄덕였다.

"알겠습니다. 아, 아니 회장님."

권휘가 살짝 이마를 숙인 후 박기출 회장을 바라보았다.

"여기까지 왔으니 박회장님의 대답을 들어보지요."

권휘의 말에 박기출이 이를 드러내며 웃었다.

박기출이 웃는 모습을 본 해진이 눈썹을 찌푸렸다.

비대한 돼지가 웃는다는 생각이 들 정도로 박기출의 터질 듯한 볼이 거슬렸기 때문이었다.

박기출이 태명회의 지부장들을 바라보며 소리쳤다.

"뭣들 해? 해회장님과 권사장님께 자리를 만들어 드려라."

박기출의 호통에 지부장들이 우르르 소파에서 비켜나 한쪽으로 몰렸다.

한쪽 소파 전체를 비워버린 것이다.

그럼에도 20여 명의 지부장들이 함께 앉을 자리는 넉넉했다.

해진과 권휘가 비워진 소파의 중간으로 걸어가 자리를 잡고 앉았다.

담담한 표정이었고 20명이 넘는 건장한 사내들이 자신들을 바라보고 있었지만 전혀 위축되거나 주눅이 든 모습이 아니었다.

단지 바라만 보는 것이 아니라 마치 도전하는 듯한 느낌의 적의까지 느껴지는 시선이었지만 해진과 권휘는 전혀 개의치 않는 얼굴이었다.

박기출이 다시 상석에 앉았다.

자리에 앉은 박기출이 한쪽 소파에 몰려 서 있는 태명회의 지부장들을 보며 입을 열었다.

"늦게 온 인갑이가 나가서 이곳 특실로 술 들이라고 하고, 자네들도 자리에 앉아."

"예! 회장님."

"예! 회장님."

사내들이 자리를 잡고 앉자 말석에 서 있던 최인갑이 다시 특실을 나갔다가 이내 돌아왔다.

태명그룹의 회장인 박기출이 이곳에 있으니 아마 유한 컨티넨털 호텔의 스카이라운지 담당지배인과 종업원들은 초긴장 상태로 준비를 하고 있었을 것이다.

그랬기에 회장의 지시를 전하는 것은 몇 초도 걸리지 않았다.

모두가 자리를 잡고 앉자 한쪽에서 수군거리는 소리가 들렸다.

"누구야?"

늦게 왔다가 박기출의 지시로 술을 시키고 들어온 최인갑의 목소리였다.

때마침 자리를 옮긴 탓에 최인갑의 옆자리에 배정된 고영석이 대답했다.

"부산의 부영회 회장과 부영상사 사장이야."

"그래? 그 허풍쟁이들."

해진과 권휘의 무용담은 인천지역의 조직원들에게도 만담처럼 퍼져 있었다.

하늘을 날아오른다거나 주먹으로 벽을 뚫어버린다는 황당한 이야기는 해진과 권휘를 허풍쟁이로 만들어 놓기에 충분했다.

그때 문이 열리며 10여 명의 여급들과 나비넥타이를 맨 남자직원들이 쟁반을 가지고 들어와 테이블 위에 술과 안주를 늘어놓기 시작했다.

미리 준비하고 있었던 것인지 순식간에 넓은 테이블이 음식과 술로 가득 채워졌다.

해진과 권휘는 전혀 술에 손을 대지도 않았고 시선도 주지 않은 채 그저 박기출의 얼굴을 바라보고 있었다.

술을 늘어놓은 여급들 중 두 명이 해진과 권휘의 옆에 앉았지만 해진과 권휘는 눈길도 주지 않았다.

다른 여급들 중 한 명이 박기출이 앉은 상석의 옆으로 가서 앉았고 나머지 여급들은 태명회의 지부장들의 사이에 섞여서 자리를 잡았다.

이내 술과 음식이 세팅되자 박기출이 해진과 권휘의 옆

에 앉은 여급들에게 지시했다.

“뭐해? 두 분들께 술을 따라 드리거라.”

여급들이 대답했다.

“네! 회장님.”

두 명의 여급이 해진과 권휘의 잔에 술을 따르자 박기출의 잔에도 술이 채워졌다.

태명회의 각 지부장 사이에 끼어 앉은 여급들도 지부장들의 잔에 술을 채워 넣었다.

쪼르르르르르르—

술이 모두 따라지자 박기출이 잔을 들었다.

“멀리 부산에서 오신 부영회 회장님과 부영상사 사장님을 저와 태명그룹의 각 지사 지사장들이 함께 환영합니다. 잔을 들지요.”

박기출의 말에 해진과 권휘가 무표정한 얼굴로 잔을 들었다.

“건배.”

박기출의 입에서 건배를 외치는 목소리가 흘러나왔다.

동시에 미리 준비를 하고 있던 태명회의 각지부장들의 입에서 엄청난 건배소리가 터져 나왔다.

“건배!”

“건배!”

마치 태명그룹의 임직원들을 모아놓고 회식을 하는 것

같은 느낌의 건배제창이었다.

하지만 해진과 권휘는 전혀 입술도 움직이지 않고 술을 입으로 가져갔다.

탁—

탁탁탁—

단번에 술을 들이켠 태명회 지부장들이 잔을 내려놓는 소리가 콩 볶는 소리처럼 들려왔다.

그때였다.

아무 말도 하지 않고 한 잔의 술을 마신 권휘가 박기출을 바라보며 입을 열었다.

"자! 이제 제의하신 대로 술까지 마셨으니 박회장님께서 우리 회장님과 직접 만나서 해명하시겠다고 하신 말씀을 들어볼 차례인 것 같군요."

얼굴에 징그러울 정도로 큰 흉터가 있는 권휘의 목소리는 담담하게 흘러나왔다.

박기출이 잔을 내려놓으면서 권휘와 해진을 바라보았다.

"3년 전에 동일수산에 관한 건은 물론 제가 약속한 대로 당연히 배상을 해 드리도록 하겠습니다. 하지만 부영회에서 요구하는 배상금액에 아무래도 무언가 오해가 있는 것 같아서……."

권휘가 입을 열었다.

"정확하게 1,204억 원이지만 귀찮게 꼬투리는 버리고 1,200억 원으로 계산했습니다."

담담한 권휘의 목소리였다.

하지만 권휘의 입에서 흘러나온 1,200억 원이라는 말에 순간 태명회의 지부장들이 놀란 얼굴로 권휘를 바라보았다.

"어, 얼마라고?"

"뭐야?"

"1,200억 원이라고?"

"미친 거 아냐?"

특실에 모인 태명회 지부장들이 술렁이자 단번에 특실의 분위기가 변했다.

박기출이 이마를 찌푸렸다.

"전화로 말씀드렸다시피 1,200억이라는 배상금은 너무 황당하고 엉뚱해서 저로서는 도저히 받아들일 수 없는 조건입니다. 제가 부영회에 배상금으로 지급할 수 있는 돈은 7억이 전부입니다. 꼭 더 요구하신다면 10억까지는 양보해 드릴 수 있지만 그 이상은 불가합니다."

말없이 박기출의 대답을 듣고 있던 해진이 그제야 웃었다.

지금까지 누구도 해진이 웃는 것을 본 적이 없을 정도로 싸늘한 표정이 상징처럼 되어 있었다.

하지만 권휘는 아버지 해진이 웃는 것이 얼마나 위험한 것인지 알고 있었다.

해진이 나직하게 말했다.

"1,200억과 7억이라… 두개의 액수 차이가 상당하군?"

박기출이 해진을 바라보며 굳은 얼굴로 입을 열었다.

"내가 양보한 10억도 과분한 양보라고 생각합니다. 그리고 부영회도 동일수산의 계약해지로 그다지 피해를 본 것도 없지 않습니까? 중국 측과 계약이 끊어지고 나서 러시아랑 새롭게 계약하면서 오히려 더 규모가 커졌다고 들었습니다만……."

해진이 다시 웃었다.

"훗! 당신이 우리 부영회의 계열사 계약정보까지 알고 있을 줄은 몰랐는데……."

해진의 말에 박기출이 주춤했다.

권휘가 끼어들었다.

"앞으로 1분마다 1억씩 추가될 겁니다. 그리고 자투리로 떼어 두었던 4억도 다시 포함하겠습니다. 그러니 곧 1,205억이 될 겁니다. 참고로 우리 회장님과 저는 절대로 양보 따위는 하지 않을 것이니 서둘러 결정하시는 것이 좋을 겁니다."

박기출이 눈살을 찌푸렸다.

"쯧! 말이 통하지 않는군요? 여기는 부산이 아니라 인천

이라는 것을 아셔야 할 겁니다. 3년 전처럼 저를 불러내려 협박을 할 자리가 아니라는 말입니다."

박기출의 말에 해진이 이번에는 흰 이를 드러내며 웃었다.

"크크크 내가 협박을 했단 말인가?"

박기출이 딱딱한 어조로 대답했다.

"동일수산이 중국 측과 계약이 틀어진 것은 서로간의 비즈니스 의견차이로 벌어진 일인데 그것을 나의 책임으로 돌리는 것은 너무하지 않소?"

"나 몰래 중국 측과 접촉해서 계약을 파기하게 만든 것이 비즈니스라고?"

해진의 눈이 차갑게 변하고 있었다.

박기출이 혀를 찼다.

"쯧! 말이 통하지 않으니 원… 내가 배상하겠다고 한 10억도 부영회에서 하도 억지를 부리니까 내가 자급 하겠다고 한 거요. 1,200억 원이라니… 지나가던 개가 웃을 소리구만."

그때였다.

"거기 회장님과 사장님!"

해진과 권휘가 앉은 반대편의 소파 끝에서 들려오는 목소리였다.

박기출과 해진이 대화를 나누던 것을 듣고 있다가 몇 잔의 술을 마신 것인지 약간 얼굴이 붉어진 사내가 해진과 권휘를 바라보고 있었다.

태명회의 남동구지부를 담당하는 상어 고영석이 해진과 권휘를 바라보며 끼어들었다.

해진과 권휘가 고영석을 바라보았다.

고영석이 입을 쩍 벌리며 웃는 얼굴로 입을 열었다.

"뭐 듣자하니 회장님은 별명이 살귀고 사장님은 마귀라면서요?"

고영석의 말이 끝나자 여기저기서 웃음소리가 흘러나왔다.

"크크."

"킥킥."

"별명으로 사람 죽일 것 같네."

"사람 몸에 칼이라도 한번 찔러 봤을까?"

"얼굴에 흉터 보면 여러 사람 죽인 얼굴인데… 흉터로 사람 겁주는 것은 옛말이지. 요즘에는 맨얼굴에 조용히 웃는 얼굴이 더 무섭다는 것을 알란가 몰라."

"노래 같다야."

태명회의 지부장들이 빈정거리고 있었다.

박기출은 일부러 그것을 못 들은 것처럼 딴청을 피우고 있었다.

고영석이 다시 웃었다.

"우리 회장님께 1,200억을 내 놓으라고 하는데, 1,200억이 동네 슈퍼마켓에서 껌 사먹을 정도의 돈이요? 살귀와 마귀? 큭큭 내가 별명이 상어라고 하는데… 어때? 살귀와 마귀가 상어를 잡을 수 있을 것 같소?"

고영석의 말을 듣고 있던 해진의 표정이 굳어졌다.

권휘가 아버지의 표정이 굳어지는 것을 보며 물었다.

"어찌할까요?"

해진이 대답했다.

"용열하고 과시하기를 좋아하는 놈이다. 두고 곁에 둔다고 한들 쓸모없을 것 같으니 지워라."

"예."

권휘가 대답하더니 고영석을 바라보았다.

"네 가벼운 입이 네 명을 재촉하는구나."

고영석이 코웃음을 쳤다.

"지랄, 까불지 말고 나랑 한번… 컥!"

한순간에 고영석의 눈이 커지고 있었다.

그의 이마에 언제 던진 것인지 권휘가 음식을 먹기 위해 시중을 드는 여급이 내려놓았던 젓가락이 박혀 있었다.

젓가락의 힘이 얼마나 강했던 것인지 고영석의 뒷머리로 젓가락의 끝부분이 삐죽 튀어나와 있었다.

쇠 젓가락도 아닌 나무젓가락이었기에 상당히 길었다.

"끄그그극."

이마에 젓가락이 박힌 고영석이 몸을 부들부들 떨었다.

젓가락을 날린 권휘의 표정이 싸늘했다.

와장창—

고영석이 그대로 이마를 테이블 위에 처박고 늘어졌다.

하얗게 뒤집어 깐 고영석의 두 눈동자는 그가 이미 이 세상 사람이 아니라는 것을 증명하고 있었다.

권휘가 나직하게 입을 열었다.

"살귀와 마귀가 보고 싶다고 했나? 지금부터 누구든 움직이는 즉시 머리통이 부서질 것이다."

권휘의 말에 태명회의 지부장 한명이 벌떡 일어섰다.

"지금 뭐하는 수작……."

쉬익—

콰직—

"깩!"

와당탕.

막 말을 하려던 태명회의 지부장 머리통이 그대로 터져 나갔다.

동시에 깨어진 머리의 뇌수와 뼛조각이 사방으로 튀었다.

언제 튀어 오른 것인지 권휘가 테이블 위에 서서 말을 하던 태명회 지부장 한 명의 머리통을 그대로 후려쳐 버린 것이다.

머리의 윗부분이 절반 가까이 사라진 태명회 지부장의 시신이 그대로 테이블 위로 엎어졌다.

한순간 특실의 안쪽에 섬뜩한 피비린내가 가득해졌다.

머리가 사라진 시신을 보는 순간 시중을 들던 여급들의 비명소리가 터져 나왔다.

"꺅!"

"엄마!"

"이, 이게……."

사람의 머리는 일반적으로 생각하는 것보다 단단하다.

즉 무거운 망치로 내려친다고 해서 뼈가 부서지는 경우는 드물다.

머리뼈를 부수려면 바위를 부술 정도로 온몸의 힘을 이용해서 전력으로 휘둘러야 한다.

그렇다고 해도 이렇게 사람의 머리를 절반 이상 날려버릴 정도의 괴력은 어지간한 용력으로서는 불가능하다.

삽시간에 두 명의 태명회 지부장들이 죽어버리자 박기출을 비롯해 태명회 지부장들의 얼굴이 하얗게 질려갔다.

권휘가 박기출을 바라보았다.

"1,205억이다 박회장."

아까 권휘가 통고한지 1분이 지난 것이다.

박기출의 볼살이 출렁이고 있었다.

권휘가 하얗게 질린 얼굴로 자신을 바라보고 있는 태명

회 지부장들을 보며 나직하게 입을 열었다.

"또 머리통이 날아갈 놈이 없느냐?"

그때 말석에 있던 지부장 한 명이 그대로 테이블 위로 튀어 올라왔다.

제일 늦게 도착한 태명회 송도지부의 지부장 최인갑이었다.

그의 손에는 하얗게 날이 번득이고 있는 팔뚝 길이의 칼이 들려 있었다.

"시팔, 나한테 덤벼봐라 이 새……."

욕을 하며 달려들던 최인갑의 얼굴이 어느새 권휘의 손에 잡혀 있었다.

최인갑이 달려들며 찔러오던 회칼은 얼굴을 잡지 않은 권휘의 왼손에 칼날 째 잡혀서 요지부동이었다.

권휘가 나직하게 말했다.

"예로부터 하지 말라고 하면 늘 반대로 하는 놈들이 있었지. 너처럼 말이다."

권휘가 얼굴을 움켜쥔 최인갑의 손에서 그대로 칼을 뺏어냈다.

우드득.

칼날을 잡은 권휘의 왼손에서 쇠가 부러지는 소리가 들렸다.

그의 손에서 작게 부서진 칼날들이 아래로 흘러내려 테

이블 위로 떨어졌다.

투두두두둑.

잘게 부서진 칼날이 떨어짐과 동시에 권휘의 오른손이 그대로 최인갑의 얼굴 속으로 파고들어갔다.

콰드득.

뼈가 부서져 나가는 소리가 들렸다.

"끄아아아아아."

얼굴이 부서지는 고통에 최인갑의 입에서 고통 섞인 비명소리가 터져 나왔다.

하지만 권휘의 오른손은 더욱 깊숙하게 파고들어갔다.

우지직.

투욱—

권휘의 엄청난 악력을 견디지 못한 최인갑의 두 눈이 그대로 터져서 아래로 흘러내렸다.

"끄르르르륵."

최인갑의 입에서 가래가 끓는 소리가 흘러나오고 있었고 더 이상 비명은 들리지도 않았다.

퍽석—

권휘의 오른손이 완전히 닫히면서 움켜쥔 최인갑의 얼굴 안면이 그대로 터져나갔다.

이제 어디에도 최인갑의 이목구비는 보이지 않았다.

그저 시뻘건 선혈로 범벅이 된 핏덩이 고기뭉치처럼 보

일 뿐이었다.
권휘가 최인갑의 시신을 그대로 뒤로 밀었다.
와당탕—
최인갑의 시신이 그대로 테이블 위로 넘어지며 마치 넝마처럼 구겨졌다.
아무도 입을 열지 않았다.
몇 명의 여급들은 그 자리에서 오줌을 흘리고 있었다.
지금 테이블 위에 서 있는 권휘의 모습은 그야말로 마귀의 모습처럼 보였다.
박기출의 비대한 살이 사시나무처럼 흔들리고 있었다.
그 모습을 본 해진이 자리에서 일어나 천천히 박기출의 앞으로 다가왔다.
"살귀와 마귀를 보고 싶다고 했나? 내가 당신을 부산으로 불러내려 협박을 했다고 한 것이 맞는지 다시 한번 그때를 떠올려 보겠나?"
박기출이 하얗게 질린 얼굴로 더듬거렸다.
"해, 해회장님… 제가……."
박기출의 얼굴은 완전히 땀으로 범벅이 되어 있었다.
해진이 입술을 비틀었다.
"난 말을 길게 하는 것을 싫어하지. 그래서 딱 한 번만 당신에게 기회를 줄 거야. 마지막이니 그것을 신중하게 생각해야 할 거야. 알겠나?"

끄덕끄덕끄덕—

박기출이 마치 자동차에 다는 진동을 감지하면 머리를 끄덕이는 인형처럼 자동적으로 머리를 끄덕였다.

그때였다.

"1,206억이다."

또다시 권휘가 통보한 1분이 흘러갔다.

박기출의 눈이 질끈 감겼다.

그는 이제 1,200억이 아니라 이곳에서 살아나가는 것이 너무나 절실하기만 했다.

해진이 박기출의 비대한 얼굴을 손끝으로 쓸면서 입을 열었다.

"조금 전에 권사장이 말한 1,200억을 지급할 텐가? 참고로 권사장이 지금 펼치는 저 기술은 내가 가르친 거야. 이렇게."

해진이 박기출의 얼굴을 만지는 손이 아닌 오른손으로 테이블에 놓인 양주잔을 집었다.

해진의 손가락 사이에 놓인 양주잔이 그야말로 밀가루처럼 부서져 나가기 시작했다.

빠지지지지직—

하얀 연기까지 피어오를 정도로 너무나 미세하게 부서지는 양주잔이었다.

권휘처럼 힘을 쓰는 느낌도 들지 않았다.

자신의 얼굴을 만지는 해진의 손이 얼음처럼 차갑다는 것을 그제야 느끼는 박기출이었다.

박기출의 하체가 축축하게 젖어오고 있었다.

그때 박기출의 시중을 돕던 여급이 눈을 하얗게 까뒤집으며 옆으로 쓰러졌다.

털썩—

너무나 서늘한 해진의 모습에 견디지 못하고 기절을 한 것이다.

해진이 혀를 찼다.

"쯧! 생각지도 않던 피해를 여러 사람들이 입는군 그래."

박기출이 덜덜 떨리는 목소리로 입을 열었다.

"드, 드리겠습니다. 원하시는 대로 1,200억을 드리겠습니다."

해진이 만족한 듯 머리를 끄덕였다.

"그래야지."

"다만 당장은 그 많은 거금을 준비하는 것이……."

떨리는 목소리로 애원하는 박기출은 당장이라도 해진이 자신의 머리통을 부술 것 같은 공포를 느끼고 있었다.

그렇게 힘을 들이는 것 같지도 않았지만 해진의 손가락 사이에서 단단한 유리컵이 밀가루처럼 가루가 되어 흩어졌다.

그것을 본 이상 그 어떤 수단으로도 해진을 막을 수 없다고 판단한 것이다.

해진이 무표정한 얼굴에 입술 끝만 움직였다.

그런 그의 표정은 박기출에게는 귀신의 얼굴보다 더 무섭고 섬뜩하게 느껴졌다.

해진이 박기출의 얼굴을 빤히 보며 입을 열었다.

"1,200억이라는 돈을 당장에 구하기는 어려울 것이라는 것은 나도 알고 있어. 당신이 부자라고는 하지만 그런 큰 돈을 당장에 마련하는 것은 쉽지 않겠지. 하지만 3년 전에 나에게 배상하겠다고 약속했던 것을 지금까지 전혀 모르는 일처럼 가볍게 생각한 것이 문제야. 난 더 이상 당신의 약속을 기다려 줄 생각이 없다는 말이지."

마치 혼잣말처럼 중얼거리는 해진의 목소리는 비 오듯 식은땀을 흘리며 부들부들 떨고 있는 박기출에게는 마치 천둥소리처럼 크게 들렸다.

더구나 기다려 주지 않는다는 말에 아예 그의 아랫도리가 축축하게 젖어들었다.

"사, 살려주십시오. 해회장님! 최대한 빠른 시간 내에 돈을 마련하겠습니다."

박기출은 해진에게 줄 돈을 마련할 수만 있다면 자신의 가족이라도 담보로 맡겨 돈을 마련하고 싶었다.

그때였다.

콰지직—

"크악."

와당탕—

방의 입구 쪽에서 또다시 처절한 비명소리가 들리며 누군가 바닥으로 구겨지고 있었다.

태명회의 지부장 한 명이 또다시 권휘의 발길질에 머리통이 터져서 널브러졌다.

목이 등으로 180도로 꺾인 모습이었기에 단번에 숨이 끊어졌다는 것을 알 수 있었다.

권휘의 눈을 피해서 문을 향해 움직였던 태명회의 지부장 중 한 명이었다.

권휘의 서늘한 목소리가 울렸다.

"내 허락 없이는 단 한 명도 이곳에서 나가지 못한다고 했을 텐데. 움직이지 말라는 내 말을 가볍게 들었다면 결과에 목숨을 걸어야 할 것이다."

권휘의 싸늘한 목소리에 태명회의 지부장들은 순간 얼음덩이처럼 그 자리에서 굳었다.

사람의 목숨을 말 그대로 파리목숨처럼 생각하는 권휘의 가공스런 힘에 아예 항거할 생각조차 사라져 버린 태명회의 지부장들이었다.

그들로서는 태어나서 이렇게 잔인하고 무서운 상황은 처음으로 겪고 있었다.

예전에 구역다툼이나 영역싸움에서 야구방망이와 회칼

이 난무했을 때에도 지금과 같은 두려움과 공포를 느끼지 못했던 그들이었다.

하지만 지금은 아예 머릿속이 하얗게 비워질 정도로 두려움과 공포에 휩싸여 있었다.

권휘의 엄청난 무력 앞에 태명회의 지부장들은 온몸이 굳어버린 듯 단 한발도 움직이지 못하고 소파에 주저앉아 있었다.

테이블 위에서 진짜 마귀처럼 섬뜩한 살기를 흘리고 있던 권휘가 테이블 위를 걸어서 박기출의 앞으로 걸음을 옮겼다.

아무도 권휘를 막을 생각을 하지 못했다.

단지 손아귀의 힘만으로 최인갑의 얼굴을 빈 깡통처럼 본래의 형체를 알 수 없을 정도로 터트려 버린 권휘의 힘은 가공할 정도였다.

게다가 달아나기 위해서 몸을 움직였던 동부지부의 지부장 이석동이 권휘의 발길질 한 번에 머리통의 절반이 날아가고 목뼈가 부러져 죽어버렸다.

그러자 권휘에게 저항할 의지까지 모조리 사라진 태명회의 지부장들이었다.

뚜벅뚜벅—

테이블 위를 살기 가득한 얼굴로 걸어오는 권휘의 모습은 그의 별명답게 마귀처럼 섬뜩하고 무섭게 느껴졌다.

이미 권휘의 손에 태명회의 지부장 몇 명이 목숨을 잃자 심약한 여급들은 아예 정신을 잃고 바닥에 쓰러져 있었다.

자신들의 눈앞에서 처참하게 사람이 죽어가는 것을 보자 더는 버티지 못하고 아예 기절을 한 것이었다.

박기출은 테이블 위에서 자신을 향해 걸어오는 권휘를 보자 몸을 부들부들 떨었다.

얼굴에 지렁이 같은 흉터를 가진 권휘의 모습은 그냥 보는 것만으로도 누구에게나 두려움을 안겨줄 정도였다.

게다가 지금은 최인갑의 얼굴을 움켜쥐고 터트린 탓에 그의 오른손은 최인갑의 얼굴에서 흘러나온 피로 혈수가 되어 있었다.

그런 권휘의 모습은 별명답게 진짜 마귀처럼 보였다.

이내 권휘가 박기출의 앞에서 멈추었다.

"이제 1,207억이다. 박회장."

박기출의 몸이 벼락 맞은 것처럼 떨리고 있었다.

그로서는 너무나 강력한 살기를 뿜어내고 있는 권휘의 얼굴을 마주볼 생각조차 할 수가 없었다.

"궈, 권사장님. 드리겠습니다. 요구하시는 것은 무엇이든 드리겠습니다."

박기출의 말에 권휘가 하얀 이를 드러내며 씨익 웃었다.

"진작 그렇게 말했다면 멍청하게 죽은 저놈들도 애꿎은 생명을 잃지 않았을 텐데. 아쉽군."

권휘의 서늘한 목소리에 박기출 회장이 눈을 질끈 감고 이를 악물었다.

그때 해진이 권휘를 보며 입을 열었다.

"이것으로 이곳의 일은 마무리하자. 박회장이 또다시 다른 생각은 하지 않을 것 같으니 말이다."

해진의 말에 권휘가 머리를 숙였다.

"알겠습니다. 회장님."

권휘가 대답한 후에 자신의 품에서 한 장의 종이를 꺼냈다.

박기출이 하얗게 질린 얼굴로 권휘를 바라보았다.

권휘가 박기출의 앞에 쪼그려 앉았다.

"날 봐. 박회장."

테이블 위에서 내려다보는 권휘였기에 박기출의 두툼한 얼굴이 위로 번쩍 치켜진 모습으로 올려다보았다.

권휘가 서늘하게 웃으면서 종이를 박기출의 앞으로 내밀었다.

"여기에 서명하고 당신의 엄지도장을 찍으면 된다. 그것으로 당신과 우리 부영회와의 빚 문제는 청산되는 것으로 하지."

권휘의 말에 박기출이 덜덜 떨면서 권휘가 내민 종이를 내려다보았다.

한순간 박기출의 눈이 커졌다.

[인천시 부평구 유한 인터넨털 호텔 양도증명서]

박기출의 입이 쩍 벌어졌다.

권휘가 지렁이처럼 섬뜩한 흉터로 가득한 얼굴을 일그러트리며 웃었다.

"내가 알아보니 이곳 유한 인터넨털 호텔의 매도 가격이 딱 우리 회장님과 내가 3년 전 당신의 비열한 수작으로 우리 부영회가 손해를 입은 것에 대한 배상금으로 요구하는 1,200억과 비슷한 가격이더군. 뭐 우리가 조금 손해인 듯한 느낌이지만 이곳 유한 인터넨털 호텔 정도면 어느 정도 합당한 액수라고 생각했지. 당신이 1,200억이 넘는 돈을 마련할 때까지 기다리는 것은 좀 전에 우리 회장님이 말씀하셨듯이 3년 전의 약속을 어겼기 때문에 그 시간을 기다려줄 생각이 없어. 당신이 또 다른 생각을 할 위험이 있을 수도 있으니 말이야. 어때? 서명을 할 텐가?"

억양 없이 단조로운 듯한 권휘의 말이었다.

박기출이 하얗게 질린 얼굴로 권휘가 내민 종이와 권휘의 얼굴을 번갈아 바라보았다.

살찐 돼지처럼 두툼한 그의 얼굴이 부들부들 떨리고 있었다.

유한 인터넨털 호텔을 매각한다면 권휘의 말처럼 1,200억이 넘을 정도의 가격이었지만 그것이 전부가 아니었다.

부평구의 요지에 자리 잡은 유한 인터넨털 호텔의 지명도와 호텔의 부대설비까지 전부 가격으로 따진다면 2,000억까지도 요구할 수 있을 거액의 호텔이었다.

그것을 전부 지금 해진과 권휘의 손에 넘겨주어야 한다는 것에 비대한 그의 볼살이 부들거리고 있었다.

권휘가 씨익 웃었다.

얼굴에 남은 흉터로 인해 권휘가 웃을 때는 그야말로 별명처럼 마귀의 미소를 보는 듯 섬뜩하게 느껴졌다.

"싫다면 거절해도 좋아. 대신 이번에는 당신의 그 기름으로 가득한 턱살을 뜯어내 줄 생각이니까 말이야. 처음 당신을 볼 때부터 뭘 처먹어서 그렇게 얼굴에 기름덩이로 가득 채워졌는지 궁금했거든?"

권휘가 좀 전에 자신이 죽인 최인갑의 피로 흠뻑 적셔진 오른손을 박기출의 얼굴 쪽으로 내밀었다.

박기출이 몸을 떨며 뒤로 몸을 젖혔다.

권휘의 피로 범벅이 된 손이 다가오자 본능적으로 피하려는 그의 몸짓이었다.

권휘가 웃었다.

"훗! 피할 생각은 하지 마. 오히려 반항을 한다면 나로선 더 좋으니까 말이야. 얼굴 다음엔 당신의 그 뱃속에 뭐가 채워져 있는지 확인해 볼 생각이야. 아! 그렇다고 바로 죽지는 않아. 사람 생명이란 게 제법 질겨서 꽤 오래 버티는 것도 확인했지. 전에 부산에서 내가 재수 없는 놈의 배를 열어보았는데 그놈이 자신의 뱃속에서 나온 것을 보며 놀라던 게 웃기더군. 큭큭."

권휘의 섬뜩한 말에 박기출이 머리를 돌려 해진을 바라보았다.

해진의 차가운 시선이 자신의 얼굴을 내려다보고 있었다.

해진이 나직하게 입을 열었다.

"날 볼 필요는 없어. 결과는 이미 만들어 놓았고 그것을 받아들이느냐 마느냐는 당신의 선택이야. 그리고 여기 권 사장은 말보다 손이 먼저 앞서는 경우가 많아서 당신이 망설인다면 그나마 주어진 기회를 놓치고 후회하게 될 거야."

해진의 말에 박기출이 권휘를 보며 어금니를 악물었다.

"아, 알겠습니다. 호텔을 넘겨 드리겠습니다."

박기출은 당장에 권휘의 손에 죽는 것보다는 호텔을 넘기는 것이 낫기에 아깝지만 어쩔 수 없이 그 길을 선택했다.

권휘가 싱긋 웃었다.

"좋은 결정이야. 그리고 우리 회장님과 나는 한번 결정된 것을 번복하는 사람을 제일 싫어하고 경멸하지. 남자의 말 한마디는 천금보다 무겁다는 것을 신조처럼 생각하고

살아가는 사람들이란 말이지. 당신이 지금의 결정을 번복하게 된다면 그것이 당신에게 어떤 결과를 가져오게 될 것인지 잘 생각해야 할 거야."

소리를 높이고 윽박지른 것도 아니건만 권휘의 말은 목에 칼날을 들이밀고 협박을 하는 것보다 더 무섭고 두려운 느낌이었다.

박기출이 하얗게 질린 얼굴로 권휘가 펼쳐놓은 유한 인터넨털호텔 양도증명서를 내려다보았다.

박기출로서는 해진과 권휘를 너무 가볍게 생각했다는 것을 처절하게 후회했다.

이미 해진과 권휘가 이곳으로 올 때는 이 호텔을 접수할 준비를 마치고 왔다는 것을 그제야 실감하고 있는 박기출이었다.

박기출이 이를 악물고 덜덜 떨리는 손을 애써 추스르며 양도인의 이름 칸에 자신의 이름을 적었다.

그 모습을 본 권휘가 빙긋 웃었다.

"이름 옆에 당신의 엄지도장을 찍어야지? 참! 이곳에는 인주가 없을 것 같군. 그럼 이것으로 대신해도 좋아."

권휘가 최인갑의 피로 범벅이 된 자신의 오른손을 내밀었다.

권휘가 손을 내밀자 박기출이 흠칫했다.

권휘의 피투성이가 된 오른손은 보는 것만으로도 등골이

서늘할 정도로 무섭고 두려웠다.

권휘가 입을 열었다.

"당신의 엄지에 피를 묻혀서 찍으란 말이야. 인주처럼 같은 붉은색이니 뭐 그런대로 대체할 수 있을 것 같지 않나?"

권휘의 말에 박기출이 하얗게 질린 얼굴로 권휘의 오른손에서 뚝뚝 떨어지고 있는 최인갑의 피를 엄지에 묻혔다.

최인갑의 선혈을 엄지에 묻히는 순간 박기출은 자신의 등에서 소름이 돋아나고 있다는 것을 깨달았다.

아직도 식지 않은 피의 미지근한 느낌은 최인갑의 살아 있을 때의 온기가 선혈에서 느껴지는 기분이었기에 저절로 소름이 돋는 것이다.

엄지에 선혈을 묻힌 박기출이 양도증명서의 아래쪽에 적은 자신의 이름 옆에 엄지를 눌렀다.

꾸욱—

이내 호텔의 양도증명서에는 박기출의 이름과 지장이 찍혔다.

그야말로 완벽한 호텔의 매각증명서가 만들어졌다.

박기출이 서명과 지장까지 완벽하게 끝내자 권휘가 웃으면서 종이를 집어 들었다.

오른손에는 최인갑의 피가 아직도 흠뻑 묻어 있었기에 증명서는 금세 이곳저곳이 피의 흔적으로 가득해졌다.

증명서를 확인한 권휘가 증명서를 해진에게 내밀었다.
"이제 이 호텔은 회장님의 소유가 되었습니다."
해진이 담담한 얼굴로 권휘가 내미는 양도증명서를 힐끗 보더니 머리를 끄덕였다.
"그건 네가 가지고 있다가 부산으로 내려가서 양사장에게 전해주거라."
양사장이란 현재 부산에 있는 부영회의 계열사를 대리경영하고 있는 경영사장인 양회덕을 말하는 것이었다.
권휘가 빙긋 웃으며 머리를 숙였다.
"알겠습니다. 회장님."
권휘의 인사를 받은 해진이 머리를 돌려 박기출을 바라보았다.
"이곳의 일은 당신의 오만함으로 만들어낸 결과니까 당신이 처리해야 할 거야. 그리고 조만간 부영회에서 호텔을 인수할 사람을 보낼 것이니 그 사람들에게 호텔의 인수인계를 정확하게 마치고 나가도록 해. 박회장."
박기출이 땀으로 범벅이 된 얼굴로 머리를 숙이면서 이를 악물었다.
"아, 알겠습니다. 해회장님."
박기출은 그저 지금의 이 상황이 한시라도 빨리 끝나기를 빌었기에 해진의 어떤 말에도 항거하지 않았다.
해진이 담담한 얼굴로 다시 입을 열었다.

"당신이 이번 일을 가지고 억울해 할 필요는 없어. 일을 이렇게 만든 것은 다 당신이니까 감수하는 것도 당신의 업보라고 생각해야 할 거야."

말을 마친 해진이 하얗게 질린 얼굴로 소파에 앉아 있는 태명회의 지부장들을 바라보았다.

그들로서는 권휘가 등을 돌린 모습으로 테이블 위에 쪼그려 앉아 있는 모습을 보면서도 덤빌 생각조차 할 수가 없었다.

두 번도 아닌 단 한 번의 발길질과 손짓으로 머리통이 부서지고 안면이 함몰되어 죽어버리는 것을 자신들의 눈으로 지켜보았기에 도저히 몸이 움직여지지 않았다.

해진이 서늘한 눈으로 태명회의 지부장들을 훑어보았다.

해진이 낮은 목소리로 입을 열었다.

"앞으로 이 호텔은 부영회가 경영한다. 또한 너희들에게도 기회를 줄 것이다. 여기 박회장과의 의리를 지킬 사람은 태명회에 남아도 좋지만 부영회에서 새로 시작해 볼 사람이라면 나중에 이곳 호텔을 인수하러 오는 부영회의 신임호텔사장에게 자신의 의사를 전해라."

지부장들은 해진은 무슨 말을 하는지도 모르고 정신없이 고개를 끄덕였다.

해진은 그들의 반응과 상관없이 계속해서 말을 이어갔다.

"한 가지 미리 말해둘 것은 부영회는 이제 좁은 부산에서만 사업을 펼칠 생각이 없다. 머지않아 부영회의 영역은 대한민국 전역이 될 것이라는 말이지. 언젠가는 해외진출도 진행하게 될 것이다. 그러니 부영회와 함께할 생각이 있다면 너희들에게 새롭게 기회를 줄 생각이다. 단, 한 번 부영회의 식구가 된다면 절대로 다른 생각을 해서는 안 된다는 것을 각오해야만 할 것이다."

노골적인 부영회의 영역확장을 언급하는 해진의 말이었다.

해진의 말에 태명회의 박기출 회장이 눈을 질끈 감았다.

다시 한번 해진과 권휘의 인천행은 치밀하게 의도된 것이고 작심하고 자신을 찾아왔다는 것을 절감하고 있었다.

"……."

해진의 말에 아무도 입을 열지 않았다.

해진 역시 대답을 기다리지 않았다.

압도적인 해진과 권휘의 앞에서 누구라도 입이 떨어지지 않을 것이었다.

목적을 달성한 해진이 권휘를 보며 입을 열었다.

"돌아가자."

"예! 회장님."

권휘가 공손하게 대답했다.

권휘가 테이블에서 몸을 일으키며 주변을 둘러보았다.

자신의 손에 죽은 시체들이 테이블과 바닥에 너저분하게 늘어져 있는 것이 눈에 들어왔다.

태명회의 지부장들은 테이블 위에 서 있는 권휘의 눈과 시선조차 마주치는 것이 두려웠는지 눈을 아래로 내리깔고 있었다.

권휘가 차갑게 웃으며 한사람을 손으로 가리켰다.

"너!"

박기출 회장과 가깝게 앉은 태명회의 연수구 지부장 김영덕이었다.

권휘의 지명을 받은 김영덕이 굳은 얼굴로 머리를 들었다.

하얗게 질린 그의 얼굴은 권휘에 대한 두려움으로 가득했다.

"예? 예?"

떨리는 목소리가 김영덕의 입에서 흘러나왔다.

태명회에 흡수되기 전에 한때는 곰치라는 가볍지 않은 별명으로 불렸던 그였다.

하지만 지금은 사색이 된 얼굴로 권휘를 바라보고 있었다.

권휘가 물었다.

"이름이 뭐지?"

김영덕이 대답했다.

"기, 김영덕입니다."

"김영덕이라. 좋은 이름이군. 기억해두지."

머리를 끄덕인 권휘가 김영덕을 보며 입을 열었다.

"네가 남은 동료들과 함께 이곳을 정리하거라. 혹시 거절하는 자가 있다면 나중에 나한테 알려주도록 하고."

김영덕이 정신없이 머리를 끄덕였다.

"아, 알겠습니다 사장님."

"부영회에서 새로운 호텔사장이 오더라도 죽은 놈들의 피 냄새가 나지 않도록 깔끔하게 정리해야 할 거야."

"명심하겠습니다."

김영덕은 권휘가 자신을 지목하자 가슴이 두근거리기 시작했다.

이제 권휘의 말이라면 이곳 스카이라운지 특실을 모두 허물고 새로 꾸미라는 지시가 떨어져도 거절할 수 없을 정도로 권휘의 압도적인 존재감에 자신도 모르게 복종하고 있는 것이다.

그것은 다른 태명회의 지부장들도 마찬가지였다.

권휘의 지시를 거절하면 자신들도 죽은 동료들과 같은 신세가 될 것이라는 두려움이 그들의 머릿속을 채우고 있었다.

권휘가 두려움에 떨고 있는 태명회의 지부장들을 훑어보며 입을 열었다.

"김영덕의 지시에 거절하거나 반항해도 좋아. 하지만 이후 그것이 내 귀에 들어오면 그때의 결과는 스스로 감당해야 할 것이다."

권휘의 차가운 목소리에 태명회의 지부장들이 몸을 부르르 떨며 대답했다.

"아, 알겠습니다."

"예."

"예."

자신들도 모르게 대답하는 태명회의 각 지부장들을 보며 태명회의 회장 박기출이 이를 악물면서 머리를 숙였다.

그 역시 권휘의 압도적인 존재감에 스스로 굴복하고 있음을 자각하고 있었다.

이제 태명회는 두 번 다시 이 세상에 존재하지 못할 것임을 박기출은 너무나 뼈저리게 느끼고 있었다.

권휘가 테이블에서 내려와 해진의 앞에 섰다.

"돌아가시지요, 회장님."

해진이 머리를 끄덕였다.

"그래."

이내 두 사람이 유한 인터넨털 호텔의 22층 스카이라운지 특실을 떠났다.

아무도 배웅하지 않았고 아무도 두 사람이 떠나는 것을 막지 못했다.

해진과 권휘가 스카이라운지 특실을 나갔지만 누구도 입을 열지 못했다.

그것은 태명회의 회장인 박기출도 마찬가지였다.

순식간에 엄청난 일들이 벌어졌고 그것은 지금까지 이곳에 살아남은 사람들에겐 끔찍한 악몽처럼 느껴졌다.

해진과 권휘가 떠난 유한 인터넨털 호텔의 스라이라운지 특실의 안에는 차디찬 죽음의 기운과 함께 끔찍한 피비린내가 영원히 지워지지 않을 것처럼 잔향으로 남아 있었다.

조선남자

朝 鮮 男 子

-천능의 주인-

아빠의 부탁

차를 완전히 주차시킨 40대 후반의 사내가 시동을 끄고 차에서 내려 한서영에게 두 손으로 정중하게 차 키를 건넸다.

"키 여기 있습니다."

사내의 얼굴은 약간 상기되어 있었다.

한서영이 키를 받고 자신의 하얀 핸드백에서 2만원을 세어 내밀었다.

"수고하셨어요."

한서영의 말에 사내의 얼굴이 살짝 붉어졌다.

사내가 한서영이 내미는 돈을 받으며 눈을 껌벅였다.

"이것 요금이 많은데요."

이곳까지의 공식적인 요금은 고작 1만원이었기에 한서영이 착각을 한 것이라고 생각한 대리운전 기사였다.

한서영이 살짝 웃었다.

"아니에요. 그냥 받으세요. 안전하게 운전해 주셔서 고마워서 드리는 거예요."

황실옥에서 윤경민 부장검사와 작은아빠 한동식과 술자리를 마치고 아파트로 돌아온 한서영이 대리운전 기사에게 애초에 정해진 돈보다 더 많은 돈을 주자 대리운전 기사가 무척 당황하고 있었다.

황실옥에서 이곳 반포의 다인캐슬 아파트까지는 고작 10분이면 도착할 거리였지만 한서영은 대리운전을 하는 기사가 자신의 차를 무척 소중하게 다루는 것을 보고 정해진 요금보다 더 많은 돈을 건넨 것이다.

"감사합니다. 그럼 저는 이만 돌아가겠습니다."

대리운전 기사가 한서영과 한서영의 뒤에 가만히 서 있는 김동하를 향해 가볍게 인사를 하고 몸을 돌렸다.

대리운전 기사가 주차장 출구 쪽으로 향하다 힐끗 한서영을 돌아보았다.

대리운전 기사의 눈에 부러워하는 기색이 역력했다.

"허 거참. 남자도 어려 보이던데 참으로 복도 많은 남자로군 그래."

혼잣말처럼 중얼거리는 대리운전 기사가 다시 한번 한서영을 돌아본 후에 이내 빠른 걸음으로 아파트 주차장 출구로 걸음을 옮겼다.

지금까지 수없이 많은 대리운전기사를 해 왔지만 한서영처럼 아름다운 여인의 차를 운전한 적은 처음이었다.

뒷자리에 한서영과 함께 나란히 앉은 김동하가 같은 남자로서 참으로 부럽다는 생각이 들 정도였다.

머리를 흔든 그가 빠르게 아파트 출구를 빠져나갔다.

밤 9시가 넘어가고 있었기에 대리운전을 하는 그에게는 그야말로 정신없이 바빠질 시간이다.

그에게는 한서영과 같은 아름다운 여인의 차를 운전한 것을 되뇌는 것보다는 또 다른 콜사인을 받는 것이 더 급한 일이었기에 걸음을 재촉했다.

한서영은 대리운전 기사가 안전하게 주차시켜 놓은 자신의 차를 다시 한번 확인했다.

김동하가 그런 한서영을 물끄러미 바라보았다.

황실옥에서 술을 마시기는 했지만 간간히 한서영의 몸에 무량기를 불어넣어주어 주기를 없애주었기에 전혀 술을 마신 것 같지 않은 한서영이었다.

그런데도 누군가를 불러 자신의 차를 대신 운전하게 부탁하는 것을 이상하다고 생각하는 김동하였다.

500년 전과는 다른 지금의 현대를 살아가기 위해서 현대의 생활방식을 익히고 있지만 이렇게 대리운전을 하는 것은 또 처음으로 겪어보았다.

김동하가 한서영을 보며 입을 열었다.

"무량기로 주기를 모두 흩어놓았는데 어찌 누님이 직접 운전을 하지 않으셨습니까?"

한서영이 힐끗 김동하를 바라보았다.

하얀색의 원피스가 늘씬한 한서영의 몸을 더욱 아름답게 보이게 만들었다.

하긴 오죽하면 한서영의 차를 대리운전하는 기사까지 놀라게 만들 정도였다.

한서영이 대답했다.

"술을 단 한 방울이라도 입에 대었다면 차를 운전하는 것은 절대 금지야."

"누님의 몸에 술의 기운이 없어도 그래야 합니까?"

김동하가 머리를 갸웃하며 되물었다.

한서영이 하얀 이를 드러내며 웃었다.

"동하 때문에 술기운을 느끼지 못한다고 해도 술을 마신 것은 틀림없는 사실이니까. 애초에 술을 마신 사람이 운전하는 차는 그때부터 차가 아니라 다른 사람의 생명까지 위협하는 흉기가 될 수 있어."

한서영의 말에 김동하가 중얼거렸다.

"그 차를 운전하는 것도 제가 배워야 할 것 같군요."

김동하는 자신이 알지 못하는 타인이 한서영의 차를 운전하는 것이 무슨 까닭인지 싫고 거북한 느낌이었다.

한서영이 생긋 웃으며 김동하를 바라보았다.

"운전해 보고 싶어?"

김동하가 머리를 흔들었다.

"그게 아니라 누님의 차를 제가 모르는 사람이 운전한다는 것이 이상해서 그럽니다."

한서영의 눈이 반달로 변했다.

"어머 동하 너 질투하는 거야?"

한서영은 김동하에게 의외의 말을 듣자 기분이 이상한 듯 입가에 미소를 머금고 바라보았다.

김동하의 얼굴이 살짝 붉어졌다.

"험! 질투라니요? 사내가 어찌 질투 같은 것을 합니까? 자고로 질투 따위는 여자들이나 하는 것입니다."

김동하가 딴청을 피우며 한서영으로부터 시선을 돌렸다.

한서영이 웃었다.

"질투는 여자가 하는 것이라고 누가 그래?"

한서영의 물음에 김동하가 눈을 껌벅였다.

김동하의 머릿속이 복잡해졌다.

자신이 살던 시절에는 유교사상으로 전해지는 예교에 칠거지악이라는 전통이 존재했다.

그것에 대한 말이 김동하의 입속에서 맴돌았지만 입 밖으로 흘리지는 않았다.

한서영이 물었다.

"동하 너 네가 살던 시절에 있었다는 그 칠거지악이라는 것 생각하는 거지? 여자가 질투하면 쫓겨난다는 것 말이야."

"험."

김동하가 짐짓 마른기침을 흘렸다.

한서영이 피식 웃었다.

"요즘 그런 칠거지악 같은 멍청한 말 하는 사람은 없어."

김동하가 대답했다.

"저는 전혀 그런 생각을 한 적이 없습니다."

"그래? 그럼 앞으로 질투 같은 것은 안 하겠네?"

한서영의 눈이 빤히 김동하를 바라보았다.

김동하가 머리를 끄덕였다.

"물론입니다. 저는 장차 누님의 배필이자 낭군이 될 남자로 어찌 질투 같은 것을 하겠습니까? 그리고 질투는 남자가 하는 것이 아니라 여자가 잘 한다고 들었습니다. 험!"

"그래?"

한서영이 눈을 가늘게 떴다.

한서영은 좀 전에 김동하가 자신의 차를 대리운전 시키

는 것을 질투했다고 확신하고 있었다.

한서영이 잠시 무언가를 생각하는 듯 눈을 깜박이며 김동하를 바라보았다.

그때였다.

삐리리리리릭—

한서영의 하얀색 핸드백 속에서 전화기의 벨소리가 울렸다.

한서영이 재빨리 전화기를 꺼내어 발신자를 확인했다.

한서영의 눈이 조금 커졌다.

"어? 아빠네?"

한서영에게 전화를 걸어온 사람은 한서영의 아버지 한종섭이었다.

김동하도 약간 놀란 듯 한서영을 바라보았다.

한서영이 자신에게도 전화기를 사주었지만 지금까지 자신의 전화기가 울린 적은 단 한 번도 없었다.

늘 한서영과 함께 있었던 탓도 있었지만 한서영이 김동하의 전화번호를 누구에게도 알려주지 않았기 때문이었다.

행여 김동하에게 천명의 권능이 있다는 것을 누군가 알기라도 한다면 김동하를 줄기차게 귀찮게 할 수 있을 것이기 때문에 아무에게도 가르쳐 주지 않았다.

그 때문에 윤경민 부장검사도 김동하와 연락하려면 자신

을 거쳐야 하게 만들어 놓았다.

한서영이 전화를 받았다.

"여보세요? 아빠예요?"

한서영의 귀로 아버지 한종섭의 목소리가 들려왔다.

—너 지금 어디냐? 동하랑 같이 있니?

한서영이 힐끗 김동하를 바라보며 대답했다.

"네! 좀 전에 작은아빠랑 헤어져 이제 아파트에 도착했어요."

—그래 나도 방금 동식이에게 연락받았다. 너하고 동하가 결혼하는 것을 진짜 나랑 네 엄마가 허락했는지 물어보더구나.

한서영이 웃었다.

"전에 아빠 사업자금 모자랄 때 작은아빠에게 숨겨서 그때 작은아빠가 무척 서운해 하던 거 기억하세요? 동하하고 저하고 관계를 미리 말씀드리지 않으면 그때처럼 서운해 하실 것 같아서 미리 말씀드린 거예요."

—잘했다. 그나저나 너 지금 동하랑 이곳으로 좀 올 수 있겠느냐?

한서영의 눈이 커졌다.

"네?"

—너하고 동하에게 긴하게 부탁할 일도 있고 좀 상의를 해야 할 일도 있을 것 같아서 하는 말이다.

갑작스런 아빠의 호출에 한서영이 눈을 동그랗게 떴다.

"저하고 동하에게 부탁할 것이 있다고 하셨어요?"

—그래. 바쁘지 않다면 이곳으로 오너라. 마침 이곳에 네 엄마도 같이 있다.

아빠가 엄마랑 같이 있다는 말에 한서영이 입을 살짝 벌렸다.

"엄마랑 데이트 중이세요?"

—허허 그게 아니라 우연히 아파트 앞에서 만나서 오랜만에 이곳으로 온 거야. 네 엄마 동창회 계모임 갔다 온 이야기 듣는다고 지금 아빠귀가 아플 지경이다. 빨리 와.

한서영이 웃었다.

오늘 엄마가 김동하의 천명 때문에 젊어진 모습으로 동창회 모임을 다녀오다 우연히 아빠랑 마주친 것이라고 짐작했다.

엄마로서는 아마 자신의 젊어진 모습을 동창친구들에게 자랑하고 싶었을 것이고 그것을 무용담처럼 아빠에게 들려주고 있을 것이었다.

한서영이 물었다.

"지금 계신 곳이 어디에요?"

—콜비어!

"아! 아빠 단골집?"

—그래.

한서영이 머리를 끄덕였다.

"알았어요. 지금 갈게요."

—그래.

"참! 아빠."

한서영이 다급하게 아빠를 불렀다.

한종섭의 목소리가 들렸다.

—왜?

한서영이 김동하를 돌아보았다.

"윤 검사님이 동하 가족관계 등록 허가증을 가져다 주셨어요. 동하에게 신분증을 만들어 줄 수 있어요. 아빠."

—그, 그래? 잘되었구나.

"내일 신고할 생각이에요."

—알았다. 자세한 것은 만나서 이야기 하는 것이 좋겠다.

"네. 지금 갈게요."

한서영이 전화를 끊었다.

김동하가 살짝 굳은 얼굴로 물었다.

"아버님이십니까?"

한서영이 머리를 끄덕였다.

"응! 엄마랑 같이 계신다는데 나랑 동하에게 두 분이 함께 계시는 그곳으로 오라고 하셔."

김동하가 물었다.

"계시는 곳이 어딥니까?"

한서영이 이를 드러내며 웃었다.

"우리 집 앞에 있는 아빠의 단골술집이야. 생맥주집."

김동하의 눈이 커졌다.

"이곳에 계신다는 말씀이십니까?"

한서영이 자신이 말실수를 했다는 것을 느끼고 피식 웃었다.

"아니 여기 말고 내 진짜 본가. 우리 아빠랑 엄마가 살고 있는 집 말이야."

한서영의 말에 김동하가 입을 벌렸다.

"아! 그 집 말이군요."

사실 김동하가 한서영의 본가를 방문한 적이 없었기에 단순히 집이라면 이곳으로 생각하고 있었다.

한서영이 입을 열었다.

"술 때문에 운전을 할 수가 없으니 그냥 택시를 타고 가자."

"예."

김동하가 머리를 끄덕였다.

이내 두 사람이 지하 주차장을 빠져나와 아파트 단지의 입구 쪽으로 걸음을 옮겼다.

반포동에서 신사동은 바로 이웃동네였기에 택시를 탄다면 기본요금 정도가 나올 정도로 금방 도착할 수 있다.

때마침 아파트 단지 앞에서 손님을 내려주고 있는 택시를 발견한 한서영과 김동하가 이내 차에 올라탔다.

새롭게 손님을 태운 택시가 빠르게 신사동 스카이캐슬 아파트 방향으로 달리기 시작했다.

서울의 밤 9시는 화려한 야경의 불야성이 가장 아름다운 시간이었다.

"호호 그때 은애 걔 표정이 어땠는지 알아요?"

이은숙의 말에 한종섭이 피식 웃었다.

같은 말을 계속해서 듣고 있지만 아내의 수다는 끝나지 않고 이어졌다.

한종섭이 빙긋 웃으면서 대답했다.

"뭐 보지 않아도 알 것 같겠네. 보나마나 당신 어디서 수술했는지 물었겠지."

한종섭은 아내의 말에 싫은 표정 없이 응대해 주고 있었다.

그다지 수다를 많이 떠는 아내가 아니었지만 신이 나는 일이 있다면 자신을 잡고 종알거리는 것은 처녀 때나 지금이나 변함이 없다는 것을 알고 있었다.

그때마다 늘 이런 식으로 적당하게 응해주는 것이 아내 이은숙을 행복하게 해 주는 일이라는 것을 잘 알고 있는 한종섭이었다.

이은숙은 오랜만의 동창회 모임이 너무나 즐겁고 재미있었다.

모두가 자신의 달라진 모습에 탄성을 터트렸고, 자신 역시 예전의 그 아름다웠던 처녀시절로 다시 돌아간 듯한 느낌이었기에 한껏 기분이 들떠 있었다.

그때였다.

쟁반에 두 병의 맥주를 올려놓은 40대 중반의 남자가 조심스럽게 한종섭과 이은숙이 앉은 테이블로 걸어왔다.

"저기……."

쟁반을 든 남자의 말에 한종섭과 이은숙이 머리를 돌렸다.

"어 유사장."

한종섭은 쟁반을 든 남자를 잘 알고 있다는 듯이 반가운 표정을 지었다.

맥주병이 놓인 쟁반을 든 유종현 사장이 눈을 껌벅거리며 한종섭을 바라보았다.

"정말 한사장님이 맞으십니까?"

한종섭이 웃었다.

"하하 정말 몇 번째 물어보는지 모르겠군. 나 진짜 유사장이 알고 있는 한종섭이라니까? 아무리 모습이 조금 변했다고 하지만 유사장이 형님, 형님 하던 나를 이렇게 몰라보나?"

이은숙도 웃었다.

"맞아요. 유사장님! 이 사람 우리 그이가 맞아요."

이은숙의 말에 유종현 사장의 표정이 이상하게 변하더니 와락 찌푸려졌다.

"이 아가씨가 지금 나랑 장난하는 거요? 내가 형님과 형수님을 몇 년이나 알고 지내는 사인데 그 형님이 이렇게 변했다는 것을 나더러 믿으라고? 그리고 아가씨가 우리 형수님이라고? 아무리 우리 형수님이 곱고 착하신 분이라고 하지만 아가씨 같은 젊고 예쁜 여자가 우리 형수님이라고 하면 내가 믿을 것 같소? 이제 20살을 갓 넘긴 것 같은 젊은 아가씨가 어딜 봐서 우리 형수님이오? 어디서 말도 안 되는 소릴 하고 있어?"

유종현 사장은 한종섭의 달라진 모습을 절대로 믿을 수가 없었다.

이 가게를 인수하기 전부터 이곳의 단골이었던 한종섭의 사람 좋던 얼굴을 너무나 생생하게 기억하고 있는 유종현 사장이다.

그에게 20대 후반으로 보이는 한종섭은 자신의 막냇동생보다 더 젊게 보였다.

더구나 한종섭과 함께 앉아 있는 이은숙 역시 20대의 아름다운 아가씨로 보일뿐, 퇴근 후 자신의 가게에서 한잔의 맥주로 피로를 풀던 한종섭의 사장의 부인으로는 절대로 보이지 않았다.

그는 한종섭과 이은숙의 젊은 시절의 모습을 기억하지 못했기에 너무나 달라진 두 사람의 모습에서 절대로 한종섭과 이은숙의 얼굴을 찾을 생각조차 하지 않았다.

유종현 사장이 한종섭과 이은숙을 보며 낮은 목소리로 입을 열었다.

"어디서 내가 한사장님과 형님동생 하는 사이라는 것을 듣고 그 핑계로 공짜 술 얻어먹으려는 수작을 부리고 있어요? 난 20년 전에 한사장님이 6살 꼬맹이 큰딸을 데리고 와서 닭튀김을 시켜놓고 이 자리에서 술을 마시던 것을 기억하는 사람이요. 근데 당신들이 한사장님과 그 부인이라고? 허참! 어이가 없어서. 예끼, 농담도 사람 가려가며 해야지."

유종현 사장이 황당하다는 표정으로 두 사람을 바라보며 입을 열었다.

"옛소, 뭐 시킨 술이니 가져다주긴 하지만 절대로 공짜는 아니니까 꼭 나중에 계산을 해야 할 거요. 나 원 한사장님 그 형님이 사람이 좋으니까 이젠 어린 친구들까지 그 형님의 이름을 팔고 다니네. 내가 그 형님 이름만 대면 술을 공짜로 내 주긴 하지만 그렇다고 이렇게 젊은 사람들이 그 형님의 이름을 팔면 어떡해? 보아하니 돈도 없진 않은 것 같은데. 쯧! 젊은 사람들이 그렇게 술이 그렇게 궁하면 저기 아래로 내려가면 싼 곳도 많으니 그곳으로 가든지. 어디서 말되 안 되는 소리로 나를 놀리려고?"

유종현 사장이 한종섭과 이은숙이 앉아 있는 테이블 위에 두 병의 맥주를 내려놓고 몸을 돌렸다.

간혹 한종섭 사장이 미리 가게로 전화를 걸어와서 젊은 직원들 몇 명이 술을 마시러 이곳을 찾아올 것이라고 전하며 그 친구들에게 조건 없이 원하는 술을 내 주라고 부탁했다.

무거운 장비의 운송이나 며칠간의 정밀계측기 같은 장비 실험으로 지친 직원들에게 술을 사주려는 한종섭 사장의 배려였다.

그리고 나중에 한종섭 사장이 찾아와서 술값을 계산해 주었기에 그것을 알고 지금 두 사람이 그것을 이용하고 있다고 생각했다.

하지만 지금은 한종섭 사장이 전화를 걸어온 것도 아니고 자신들이 한종섭 사장의 회사 직원도 아닌 한종섭 본인이라는 말을 하자 어이가 없는 유종현 사장이었다.

유종현 사장의 제법 매서운 훈계(?)가 가게를 약간 소란스럽게 만든 것인지 가게 안에서 치킨을 안주로 맥주를 마시던 손님들이 수군거렸다.

"공짜 술을 마시려는 사람들인가?"

"그러게. 진짜 젊고 예쁘게 생긴 사람들인데 왜 저래?"

"저 젊은 여자가 우리 그이라고 하는 말 들었어?"

"킥킥 새파랗게 어린 여자가 그런 말 하니까 오글거려."

몇 군데의 테이블에서 손님들끼리 수군거리는 소리가 한종섭과 이은숙의 귀에도 들려왔다.

머쓱해진 한종섭과 이은숙이 서로 얼굴을 마주보았다.

유종현 사장이 혀를 차며 입구의 카운터로 향했다.

그때 그의 눈으로 두 명의 젊은 남녀가 가게로 들어서는 것이 보였다.

한서영과 김동하였다.

한서영은 자신이 어린 시절부터 이곳이 아빠의 단골 술집이라는 것을 똑똑하게 기억하고 있었다.

치킨 전문점이자 생맥주를 곁들여 파는 이곳은 꽤 오랜 시간 동안 아빠에게는 퇴근 후 피곤한 일상을 정리하고 집으로 향하는 마지막 정류장이라고 할 수 있는 곳이었다.

자신이나 동생들이 치킨을 먹고 싶다고 조르면 아빠는 이곳에서 치킨을 포장해서 집으로 들고 퇴근하는 곳이기도 했다.

더러는 귀엽고 예쁜 큰딸을 사람들에게 자랑하고 싶어서 한서영의 손을 잡고 이곳에 들러 시원한 생맥주 한잔을 곁들이기도 했다.

그럴 때면 늘 한서영에게는 따끈하게 튀겨진 치킨세트가 항상 놓였다.

유종현 사장은 막 가게로 들어서는 한서영과 김동하를 보며 눈을 동그랗게 떴다.

"어? 너 서영이 아니냐?"

한서영이 이곳 신사동 본가에서 대학시절까지 지내다 의사자격을 취득하고 나서야 반포동의 아파트로 옮겨갔기에 유종현 사장에게 한서영은 반갑고 익숙한 얼굴이었다.

이곳 신사동 스카이캐슬 아파트 단지에서도 소문날 정도로 아름다웠던 한서영이었다.

그 때문에 한서영이 간혹 얼굴을 보일 때면 사람들마다 한서영을 두고 수군거릴 정도였다.

그 내용은 대부분 한서영을 누가 데려갈지, 데려가는 남자는 참으로 복 받은 남자라는 내용이었다.

한서영이 가끔 아빠랑 이곳에서 생맥주를 마시던 것도 기억하는 유종현 사장이었다.

어린 시절부터 아빠인 한종섭의 손을 잡고 치킨요리를 먹으러 찾아오는 것을 쭉 보아왔기에 한서영의 얼굴을 누구보다 잘 알고 있었다.

한서영도 단번에 유종현 사장의 얼굴을 알아보았다.

"어머. 오랜만이네요, 아저씨."

"허허 형님말로는 대학 졸업하고 나서 반포 쪽으로 이사를 했다고 해서 무척 서운했는데 오랜만에 이렇게 얼굴을 보니 진짜 반갑네."

유종현 사장은 예전보다 더 아름다워진 한서영을 보며 속으로 감탄을 하고 있었다.

예전에도 미모 하나만큼은 영화나 텔레비전에 나오는 연예인보다 더 예쁘다는 평을 듣던 한서영이었다.

그런 한서영이 또한 머리도 좋고 총명해서 의대에 진학했다는 말을 듣고 한서영 같은 딸을 키우는 한종섭 사장이 부럽기도 했을 정도였다.

유종현 사장이 물었다.

"근데 네가 갑자기 여기 어쩐 일이냐? 형님은?"

유종현 사장이 가게입구를 두리번거렸다.

한서영이 눈을 껌벅였다.

"우리 엄마랑 아빠 안 왔어요? 여기 있다고 했는데?"

그때였다.

좀 전에 유종현 사장이 퉁박을 주었던 테이블에서 누군가 얼굴을 내밀었다.

"서영아! 김서방! 여기다. 이쪽으로 와!"

한서영의 입가에 환한 미소가 떠올랐다.

"아빠!"

한서영은 단번에 아빠 한종섭의 얼굴을 알아보았다.

한종섭의 얼굴에 겹쳐 단아하고 아름다운 여인의 얼굴이 삐죽 튀어나오고 있었다.

엄마 이은숙의 얼굴이었다.

"엄마!"

이은숙이 자리에서 일어섰다.

"호호 어서 와라. 삼촌 말로는 너희 둘과 같이 식사를 했다고 하더라. 너희 둘이 결혼하는 것 진짜 우리가 허락했는지 꼬치꼬치 물어서 이미 살림까지 차렸다고 했어. 호호."

테이블에서 일어선 이은숙은 한서영과 거의 별반 다르지 않는 모습이었기에 가게 안에 있던 사람들이 놀란 얼굴로 한서영과 이은숙을 바라보았다.

이은숙이 부드러운 표정으로 김동하를 바라보았다.

"어서 오게. 김서방!"

김동하가 정중하게 고개를 숙였다.

"예! 어머님."

한서영이 김동하와 함께 한종섭과 이은숙이 차지하고 있는 테이블로 향했다.

이은숙이 자리에서 일어나 한종섭의 옆쪽으로 자리를 옮겼다.

지금까지는 마주보고 있었지만 딸과 사위가 왔으니 자신은 남편의 곁으로 자리를 옮긴 것이다.

그 모습을 본 유종현 사장의 입이 쩍 벌어졌다.

"서, 서영아!"

한서영이 머리를 돌려 유종현 사장을 바라보았다.

"예?"

유종현 사장이 더듬거렸다.

"저, 정말 저분들이 형님과 형수님이시냐?"

한서영이 웃었다.

"네. 우리 아빠와 엄마예요. 많이 젊어지셔서 놀라셨죠?"

"어이쿠 세상에……."

유종현 사장은 그제야 진짜 한종섭 사장과 이은숙이라는 것을 알 수 있었다.

친딸인 한서영이 거짓말을 할 이유가 없었기 때문이다.

이 황당한 상황은 가게에서 술을 마시던 손님들까지 당황하게 만들었다.

"뭐야? 저 젊은 아가씨가 조금 전에 들어온 저 예쁜 여자의 엄마라고?"

"뭐 이런 일이 있어?"

"이게 뭐야? 같은 또래의 나이로 보이는데 엄마와 딸이라고?"

"세상에……."

"미쳤어."

"좀 전에 저 노란 원피스를 입은 여자가 흰색 원피스 입은 여자의 옆에 서 있는 남자를 김서방이라고 불렀어."

"그럼 저 양복 입은 남자와 노란원피스를 입은 여자는 나이가 몇 살이란 말이야?"

가게 안에서 술을 먹던 손님들은 너무나 황당한 상황에 어리둥절한 얼굴로 한서영과 이은숙을 번갈아 바라보았다.

그때 유종현 사장이 다가왔다.

"저, 정말 형님이십니까?"

한종섭이 쑥스럽다는 얼굴로 웃었다.

"그래. 유사장에게 몇 번이나 말했지만 믿어주지 않아서 나와 서영이 엄마도 곤란했어. 때마침 서영이가 와서 오해가 풀어지게 되어 다행이지만 말이야. 하하."

한종섭이 부드러운 표정으로 유종현 사장을 바라보았다.

한종섭과 호형호제하는 유종현 사장으로서는 눈앞에서 직접 한종섭의 얼굴을 보고 있었지만 그럼에도 믿어지지 않는 표정이었다.

이은숙이 유종현 사장을 바라보며 웃는 얼굴로 입을 열었다.

"유사장님께서 많이 놀라셨나 보네요. 호호, 우리 사위 때문에 이이랑 제가 좀 젊어지게 된 건데 솔직히 유사장님이 몰라볼 수도 있을 것이라고 생각해요."

웃는 이은숙의 모습이 영락없이 한서영의 미소와 닮아 있었기에 유종현 사장의 입이 쩍 벌어졌다.

"사, 사위라고요?"
"네. 이쪽이 우리 큰사위예요."
이은숙이 한서영의 옆에 서 있는 김동하를 애정이 담뿍 담긴 시선으로 바라보았다.
이은숙에게는 이 세상의 금덩이를 모두 다 준다고 해도 절대로 바꾸지 않을 너무나 소중한 큰사위가 바로 김동하였다.
김동하가 살짝 뒷머리를 긁으며 가볍게 유종현 사장에게 살짝 머리를 숙였다.
"김동합니다."
유종현 사장이 급하게 허리를 숙였다.
"아! 예. 여기 사장인 유종현이라고 합니다."
오늘 처음으로 보는 김동하였지만 장신의 체구에 한서영과 너무나 잘 어울리는 헌칠한 미남이었기에 자신도 모르게 존대를 하고 있었다.
유종현 사장이 허리를 들며 놀란 눈으로 한서영을 바라보았다.
"결혼을 했냐?"
한서영이 대답 대신 살짝 미소만 보였다.
유종현 사장이 머리를 돌려 한종섭을 바라보았다.
"형님! 서영이가 결혼을 했으면 당연히 저한테도 연락을 해 주셔야 하지 않습니까? 명색이 제가 아우인데 서영이 결혼소식을 이제야 듣다니요? 정말 서운합니다."

유종현 사장의 얼굴에는 진심으로 서운해 하는 표정이 가득했다.

한종섭이 웃었다.

"아직 정식을 혼례식을 올린 것은 아니라서 주변에 알리지 않은 것뿐이야. 조만간 결혼식 날짜가 확정이 되면 당연히 유사장에게도 연락을 할 테니 서운해 하지 말게."

한종섭의 해명에 그제야 유종현 사장의 표정이 풀어졌다.

"아! 그렇습니까?"

정식으로 혼례를 올린 것이 아니라는 말에 유종현 사장은 형님으로 모시는 한종섭이 자신을 무시한 것이 아니라고 생각했고 마음이 놓였다.

한편 지금의 한종섭과 치킨과 생맥주 전문점 콜비어의 업주인 유종현 사장의 모습은 영문을 모르는 사람이 본다면 참으로 황당하게 생각할 정도로 괴팍한 상황이었다.

40대 후반의 중년남자가 20대 후반 정도의 젊은 청년에게 형님이라고 말하며 깍듯하게 예의를 갖추는 모습이었기 때문이다.

그것은 예의와 예절에 민감한 한국 사람들에겐 참으로 민망하고 황당한 상황으로 비칠 것이었다.

하지만 유종현 사장은 한종섭의 말을 믿지 못했다는 것

이 미안한 것인지 연신 미안한 표정을 짓고 있었다.

한종섭이 유종현 사장을 보며 입을 열었다.

"딸아이와 사위가 왔으니 음식과 술을 따로 좀 준비해 주겠나?"

유종현 사장이 크게 머리를 끄덕였다.

"물론입니다. 형님."

"우리 서영이가 뭘 좋아하는지 알지?"

한종섭이 간혹 한서영을 이곳으로 데려오면 늘 시켜주는 요리가 있었고 그것을 유종현 사장이 모를 리가 없었다.

스테이크 형식으로 구워진 육즙이 흐르는 치킨에 매운 핫소스가 곁들어진 치킨요리는 한서영이 즐겨먹던 요리였다.

"물론 잊을 리가 없지요. 곧 준비하겠습니다."

유종현 사장이 밝아진 얼굴로 몸을 돌렸다.

한서영이 굳이 그럴 필요 없다고 말리려다 가볍게 머리를 흔들며 테이블 안쪽으로 몸을 옮겼다.

윤경민 부장검사와 작은아빠 한동식과의 식사를 이미 했기에 배가 불렀다.

그렇지만 오랜만에 아빠와 엄마와 마주하는 자리였기에 억지로 결국 사양하지 못했다.

그리고 한서영과 김동하가 윤경민 부장검사를 만나러 외출할 때 동생인 한유진이 치킨과 맥주를 사오라고 부탁한 것도 있다.

남은 음식은 포장해서 한유진에게 가져다주면 되는 일이었기에 사양할 필요도 없는 일이었다.

한서영과 김동하가 이은숙이 비워놓은 자리에 앉았다.

한서영은 이은숙의 모습을 바라보며 생긋 웃었다.

"엄마 예쁘네?"

큰딸이 예쁘다고 하는 말에 이은숙이 가지런한 하얀 치아를 드러내며 활짝 웃었다.

"그러니?"

한서영이 물었다.

"은애 아줌마한테 복수는 했어?"

한서영도 엄마가 여고동창인 최은애 아줌마에게 지금까지 은근히 골탕을 먹어왔다는 것을 알고 있었다.

저렇게 차려입고 나갔다는 것은 지금까지 당한 것을 소박하게 앙갚음하기 위함이라는 것을 짐작하고 있었다.

한종섭이 웃었다.

"허허 그렇지 않아도 너희들이 오기 전까지 네 엄마가 그것으로 어찌나 신나서 자랑하던지 아빠 귀에 못이 박힐 정도였다."

한종섭의 말에 이은숙이 샐쭉했다.

"귀에 못이 박혔다고요?"

한종섭이 살짝 당황했다.

"아니 그게 아니라……."

"마누라가 신나는 일이 있어 조금 자랑했다고 그것을 가지고 귀에 못이 박혔다고 말해요? 이 양반이 정말."

말을 하는 이은숙의 표정이 제법 앙칼졌기에 한종섭이 당황하고 있었다.

순간 한종섭은 과거 오래전 이은숙과 결혼을 하기 전에 사소한 일로 티격태격하던 젊은 시절의 기억이 떠올랐다.

그때는 무조건 이은숙을 달래는 것에 온정신을 집중하던 한종섭이었다.

하기야 지금이라고 해도 이은숙이 화를 내면 허둥대는 것은 변함이 없다는 것은 여전한 일이었다.

아빠가 허둥대는 것을 본 한서영이 웃었다.

"호호 그만해요. 동하가 본단 말이에요."

"험!"

이은숙이 김동하를 보며 웃었다.

"호호, 싸우는 게 아니니까 놀랄 필요는 없어."

김동하가 빙그레 웃었다.

"놀라지 않았습니다. 오히려 아버님과 어머님이 사이가 좋으신 것 같아서 마음이 편합니다."

"그래?"

이은숙의 눈이 반짝였다.

한종섭이 한서영을 보며 물었다.

"그래, 아까 들으니 김서방에게 그 윤 검사라는 분이 새로 신분을 만들 수 있는 증명서를 주었다고 했지?"

한서영이 머리를 끄덕였다.

"예!"

한서영이 자신의 핸드백 속에서 윤 검사가 건넨 증명서를 꺼내었다.

"이거예요."

한종섭이 한서영이 내미는 종이를 받아들었다.

[가족관계 등록 창설신고 허가증명서.]

서초동의 가정법원 판사의 직인이 찍힌 증명서가 한종섭과 한종섭의 옆에 앉은 이은숙의 눈에 들어왔다.

법원에서 허가한 증명서를 보고 있는 한종섭을 보며 한서영이 입을 열었다.

"내일 그것을 동사무소에 제출하면 동하의 신분은 등록이 될 거예요."

한종섭이 고개를 끄덕였다.

"잘되었구나."

이은숙도 한마디 거들었다.

"아이고 이제 우리 사위도 의사가 되는 것만 남았네."

이은숙은 김동하가 의사가 될 것을 철석같이 믿고 있었다.

예전부터 큰딸 한서영의 말이라면 팥으로 메주를 쑨다고 해도 믿었던 이은숙이었다.

때문에 사위 김동하를 한의대에 보낼 것이라는 한서영의 말을 그대로 믿고 있었다.

증명서를 확인한 한종섭이 증명서를 다시 한서영에게 건네주며 입을 열었다.

"제일 문제가 되는 동하의 신분을 새로 만들 수 있다니 다행이다."

한서영이 다시 증명서를 핸드백 속에 넣으면서 입을 열었다.

"근데 아까 아빠가 우리에게 부탁할 것이 있다고 한 것이 뭐예요?"

한서영의 말에 한종섭이 잠시 김동하를 바라보았다.

한종섭의 눈이 살짝 흔들리고 있었다.

아무리 자식 같은 사위라고 해도 사위에게 무언가를 부탁하는 것은 부담스러웠다.

아빠가 망설이는 것을 보자 한서영의 표정이 굳어지고 있었다.

이은숙도 살짝 굳은 얼굴로 남편 한종섭의 옆얼굴을 바라보았다.

"뭔데 그래요?"

아내의 말에 잠시 침묵하던 한종섭이 입을 열었다.

"실은 동하에게 개인적으로 부탁할 것이 있어서 이곳으로 오라고 한 것이다."

"무슨 일이에요?"

한서영이 살짝 굳은 얼굴로 아빠의 표정을 살폈다.

김동하도 한종섭의 얼굴을 보며 입을 열었다.

"제가 도울 일이 있다면 무슨 일인지는 모르나 흔쾌히 도울 것입니다. 그러니 부담으로 생각하지 마시고 말씀해 주십시오."

한종섭이 천천히 머리를 끄덕였다.

"당신이나 서영이는 내가 무슨 일을 하는지 알고 있지?"

이은숙과 한서영이 눈을 깜박이며 한종섭을 바라보았다.

한종섭이 무슨 일을 하는지 모를 리가 없는 두 여인이었다.

다만 사위인 김동하는 장인어른이 무슨 일을 하고 있는지 알지 못했다.

"그거야……."

이은숙이 대답하려 하자 한종섭이 손을 들었다.

이은숙이 급하게 입을 닫았다.

한종섭이 조용한 어조로 입을 열었다.

"내가 하고 있는 일은 소형분석기와 계측기 분야의 중개거래나 그에 관련된 시스템정비와 서비스 쪽의 비즈니스다. 그리고 가장 대표적인 주 거래처가 레이얼 시스템이라는 곳으로 미국에 본사를 둔 정밀시스템 계측기 브랜드라고 할 수 있다. 물론 일본의 구와정밀의 계측기나 독일의 브란츠 정밀도 고정적인 거래처이긴 하지만 내가 운영하는 서진무역이 미국 측의 레이얼 시스템의 동아시아 서비스센터를 위탁받고 있기에 주 거래처는 레이얼 시스템이라고 할 수가 있지. 또한 우리 서진무역에 위탁된 레이얼 시스템의 장비를 검수하면서 나름 꾸준하게 쌓아온 소프트웨어 쪽의 독자적인 자료도 제법 많이 확보해 놓았기에 레이얼 시스템으로서는 우리 서진무역과의 관계에 더욱 밀착할 수밖에 없었을 것이다. 상호 신뢰하고 믿을 수 있는 기업으로 비즈니스가 형성되는 것은 웬만한 노력으로는 얻을 수 없는 돈으로 환산되지 않는 귀중한 기업 자산이야."

한종섭의 이야기는 지금까지 진행해온 한종섭의 사업에 관한 이야기였기에 이은숙이나 한서영은 끼어들 틈도 없이 한종섭의 말을 듣고 있었다.

한종섭은 퇴근 후 돌아오면 절대로 외부에서 있었던 일이나 업무문제를 아내나 자식들에게 털어놓는 적이 없었다.

그랬기에 지금의 이야기는 무척 의외라고 할 수 있었다.

한종섭이 한서영을 힐끗 보았다.

"그런데 서영이가 의사면허를 따면서 정식으로 의사의 길을 걷게 되자 나 역시 사업의 영역을 확장할 생각을 가지고 있었다. 레이얼 시스템은 의료장비 쪽에서도 세계적인 지명도를 가지고 있는 곳이니 의사인 서영이를 위해서라도 첨단의료장비 쪽으로 사업을 확장해볼 생각이었다. 지금까지 레이얼 시스템과는 줄곧 호의적 관계를 유지해오고 있었고 실질적인 비즈니스 측면에서도 상당한 메리트를 안겨준 곳이 그쪽이었으니까 말이다. 그래서 이번 레이얼 시스템에서 중국 측에 상당한 규모의 계측설비에 관한 비즈니스 상담을 한다는 정보를 듣고 그 담당자가 중국으로 가기 전에 한국에 들러달라고 부탁을 했지. 그리고 오늘 오후에 그 사람을 만났다."

이은숙 는 남편의 말을 듣고 눈을 반짝였다.

"그럼 아까 바이어를 만난다고 한 사람이 바로 그 사람이에요?"

"음."

한종섭이 머리를 끄덕였다.

한서영은 자신이 끼어들 대화내용이 아니었기에 아무 말도 하지 않고 한종섭을 바라보았다.

한종섭이 뒷말을 이어가기가 난처한 듯 잠시 망설이다가 이내 김동하를 보며 입을 열었다.

"그런데 내가 레이얼 시스템과 밀접한 관계를 유지하는

것에 변수가 생겼어."

한종섭이 천천히 말을 이어갔다.

레이얼 시스템의 뉴저지 본사에 관한 일과 지금까지는 레이얼 시스템의 동아시아 서비스센터를 위탁받아 대행해오며 레이얼 시스템과의 관계를 우호적으로 유지해온 것을 비롯해서, 향후 레이얼 시스템의 첨단의료장비의 아시아 쪽 물량을 서진무역에서 확보할 생각이었다는 것 등이었다.

이은숙과 한서영은 한종섭의 복잡한 사업설명을 때로는 이해하고 때로는 알아듣지 못하면서 그대로 경청하고 있었다.

김동하 역시 장인인 한종섭이 무슨 말을 하고 있는 것인지 이해가 되지 않고 있었지만 아무 말 없이 신중한 표정으로 한종섭의 말을 경청했다.

한종섭이 입을 열었다.

"레이얼 시스템의 첨단정밀의료기와 시스템계측기의 아시아 측 물량을 우리 서진무역이 확보하게 된다면 나는 지금의 서진무역의 규모를 10배 이상 확장할 수 있다. 실적이 쌓인다면 서진무역은 아시아 쪽의 시스템 계측기 분야에서는 가장 강력한 기업으로 성장하게 될 거라고 확신했지. 물론 그것에 대한 방도도 이미 갖춰두었고 내가 거래하는 한미은행으로부터 상당한 액수의 투자도 내락받았다. 물론 그것이 이루어지는 것에는 반드시 레이얼 시스템 본사로부터 아시아 측 물량을 우리 서진무역에 위탁한다는 협정서가 있어야 할 것이지만."

한서영이 굳은 얼굴로 물었다.

"아빠에게 문제가 생겼다는 그것이 뭐예요."

한종섭이 잠시 굳은 얼굴로 김동하를 보다가 입을 열었다.

"내 계획과는 달리 레이얼 시스템이 조만간 기업이 해체될 것으로 보인다. 세계 초정밀 시스템계측기 분야에서 첫손에 꼽히는 기업인데 사업을 접을 수 있다는 말이다. 그게 문제야."

"네?"

한서영이 놀란 눈빛으로 한종섭을 바라보았다.

이은숙도 놀란 얼굴로 남편을 바라보았다.

한종섭이 다시 입을 열었다.

"레이얼 시스템이라는 브랜드 하나만으로 엄청난 가치를 부여받는 기업인데 그 기업이 사라진다면 레이얼 시스템의 동아시아 서비스센터를 위탁받은 내가 운영하는 서진무역도 상당한 타격을 받는 결과를 맞이하게 되겠지."

이은숙이 굳은 표정으로 물었다.

"그럼 어떡해요? 당신 망하는 거예요?"

3년 전 거래회사의 부도로 이미 납품되어 설치와 시험가

동까지 끝낸 시스템분석기의 자금을 회수하지 못하고 엄청난 자금압박에 시달렸던 기억이 생생한 이은숙이었다.

그때 남편 한종섭은 거의 잠을 이루지 못하고 전전긍긍했다.

다행히 부도난 회사를 새로 인수한 회사가 남은 대금의 분할상환을 제의해서 급한 대로 지금 살고 있는 아파트와 남은 회사의 자금으로 어렵게 위기를 넘길 수가 있었다.

또한 그때 레이얼 시스템과의 동아시아 지정서비스센터의 위탁계약을 불리한 조건으로 급하게 채결하게 되어 위기를 가까스로 넘겼다.

레이얼 시스템 본사로서는 비행기를 타고 열 몇 시간씩 날아와 서비스를 하고 돌아가는 불편함보다는 확실한 기술력을 가진 서진무역을 통해 AS서비스를 대행할 수 있었기에 그야말로 꿩 먹고 알 먹는 협정이었다.

서진무역으로서는 한 대에 수천억 원에 이르는 고가의 장비를 거의 헐값에 AS서비스를 대행해주고 레이얼 시스템으로부터는 고작 수수료 정도의 대가를 제공받았다.

다만 AS서비스를 위해서 레이얼 시스템 본사에서 보내오는 각종 장비들을 협찬 받는다는 것이 그나마 혜택이라면 혜택이라고 할 수가 있었다.

한종섭이 나직하게 입을 열었다.

"일단 레이얼 시스템이라는 기업이 도산하거나 해체된

다고 해도 우리 서진무역으로서는 부도를 내거나 망할 정도로 크게 손해를 보지는 않을 거야. 어차피 레이얼 시스템의 모든 계측장비에 관해서는 앞으로도 동아시아의 AS 위탁은 우리가 담당하게 될 것이니 새로운 계측기의 발주처가 줄어드는 것을 감수하면 그나마 버틸 수가 있겠지. 물론 사세를 확장하는 것은 포기해야 하고."

남편이 망하지는 않을 것이라고 하자 이은숙이 가늘게 한숨을 불어냈다.

남편 한종섭이 지금까지 어떤 고생을 하면서 사업을 이끌어온 것인지 너무나 잘 알고 있는 이은숙이었다.

젊은 시절 한국대학교 기계공학과를 졸업하고 혼자서 독립하여 작은 사무실부터 시작해서 지금까지 끌어온 서진무역이었다.

위험한 순간도 있었고 망할 위기까지 간 적도 있었지만 남편의 신용과 근면한 근성으로 지금까지의 위기를 어렵게 넘겨왔다.

그런 남편이 다시 위험한 상황에 몰린다는 것을 들은 이은숙이 안타까운 시선으로 한종섭을 바라보았다.

한서영이 물었다.

"아빠 말로는 브랜드가치만으로도 상당한 가치를 인정받는 그런 대기업이 왜 갑자기 사업을 접는다는 거예요?"

한서영의 말에 한종섭이 한서영과 김동하를 보며 입을

열었다.

"그 때문에 내가 너와 동하에게 부탁을 할 것이 있다고 한 것이다."

"예?"

한서영이 놀란 눈으로 입을 벌렸다.

김동하 역시 놀란 얼굴로 장인 한종섭의 얼굴을 마주보았다.

한종섭이 입을 열었다.

"레이얼 시스템의 회장인 토마스 레이얼 회장이 죽어가고 있어. 그리고 그게 레이얼 시스템이 시스템계측기 분야에서 사업을 접는 이유다."

이은숙이 끼어들었다.

"그 사람이 왜 갑자기 죽어요?"

한종섭이 잠시 김동하를 바라보다가 입을 열었다.

"오늘 만난 그 바이어로부터 토마스 레이얼 회장이 혈액암에 걸려서 고작 두어 달 정도밖에 살지 못한다는 말을 들었어. 그 사람이 죽으면 토마스 회장의 동생인 로빈 레이얼 부회장이 레이얼 시스템의 경영권을 인계받는데, 그 로빈 부회장이 레이얼 시스템을 분산매각하여 공중분해하고 금융비지니스 쪽으로 사업영역을 옮긴다고 하더군. 이미 토마스 회장이 혈액암으로 사망할 것이라는 소식을 들은 레이얼 시스템의 고위간부들도 이미 일부는 레이얼 시스템을 떠나 경쟁사로 옮겨가고 있다고 들었다."

한서영이 눈을 크게 뜨며 깜박였다.

"아빠 그럼 동하에게……."

한종섭이 머리를 끄덕였다.

"그래. 나로서는 세계 최고의 첨단기술을 가진 기업이 이대로 한순간에 사라지는 것도 안타깝지만 서영이 너와 동하를 돕기 위해서 탄탄한 기반을 갖춘 사업체로 키워보려고 했던 서진무역이 도전도 해보지 못하고 밀려나는 것이 아까웠다. 행여 동하의 도움으로 토마스 회장이 살아나게 된다면 아빠가 의도한 레이얼 시스템의 동아시아 지분을 서진무역이 담당할 수 있을지도 모르니까 이런 부탁을 하는 것이란다."

한종섭의 말이 끝나자마자 이은숙이 한서영과 김동하를 보며 입을 열었다.

"가! 미국으로 가서 그 토마슨지 하는 사람 살려줘."

"엄마."

한종섭이 힐끗 김동하를 바라보며 입을 열었다.

"다행히 서영이가 윤 검사에게 동하의 신분을 새로 만들 수 있는 증명서를 받아왔으니 이제 여권이나 신분증을 만드는 것은 어렵지 않을 거야. 어떠냐? 미국으로 한번 가볼 테냐?"

김동하가 잠시 생각하다가 입을 열었다.

"만약 아버님이 말씀하신 그 토마스라는 분이 사람을 죽인 적이 있거나 사악한 마음을 품고 천륜을 어긴 적이 있었다면 저의 천명은 통하지 않을 것입니다. 하지만 그런 사람이 아닌 선량하고 착한 사람이라면 저의 천명이 통하여 그분의 천명을 돌려드릴 수 있을 것입니다. 그리고 그분에게 천명을 돌려드리는 것이 아버님을 돕는 일이라면 그렇게 하겠습니다."

김동하의 말에 한종섭이 부드럽게 웃었다.

"고맙다 내 사위."

한종섭은 토마스 레이얼 회장의 근황을 전해주던 레이얼 시스템 동아시아 담당자 데니얼 엘트먼의 얼굴을 머릿속에서 떠올렸다.

한종섭이 토마스 레이얼 회장을 살려줄 사람이 있다고 하자 놀라면서 다급하게 자신을 잡고 그 사람을 만나게 해달라고 애원하던 얼굴이었다.

그 역시 레이얼 시스템을 끝까지 지켜내고 싶어 하는 토마스 회장에겐 최측근의 임원진 중 한 명이었기 때문이다.

토마스 레이얼 회장이 살아난다면 회사를 공중분해하여 매각할 계획을 가지고 있던 로빈 레이얼 부회장이 오히려 역풍을 맞게 될 것이다.

또한 토마스 회장을 살려준 김동하를 소개해준 자신에게는 엄청난 기회를 안겨줄 것이 틀림없었다.

그리고 한종섭 역시 토마스 레이얼 회장이나 레이얼 시스템의 동아시아 담당자인 데니얼 엘트먼이 절대로 잊지 않을 것이 분명하다고 생각했다.

한서영이 잠시 눈을 깜박였다.

세영대학병원의 김철민 과장에게서 근신 10일 처분의 징계를 받고 있는 상황에서 김동하와 미국으로 간다는 것은 그녀로서는 난감한 부분이었다.

하지만 아무것도 모르는 김동하를 혼자서 미국으로 보낼 수는 없었다.

김철민 과장에게 말해서 아예 근신처분을 30일로 늘려달라고 황당한 부탁을 하든지 아니면 세영대학병원에 인턴과정을 포기한다는 결정을 내려야만 했다.

동하의 신분증이 만들어지고 나서 동시에 김동하의 여권 신청까지 해야 했기에 사뭇 바쁜 일정이 될 것이었다.

한서영이 머리를 끄덕였다.

"알겠어요. 동하가 그렇게 결정을 했다면 저도 동하랑 미국으로 갈게요."

한종섭이 머리를 끄덕였다.

"오늘 만났던 사람은 내일 아침 일찍 진행 중인 비즈니스를 마무리하기 위해 중국으로 갈 거다. 며칠 정도 중국에 머물면서 중국 쪽과의 일을 마무리하고 미국으로 돌아가는 길에 다시 한국을 들러 나를 만나고 나서 미국으로 갈

텐데, 그때 그 사람을 너와 동하에게 소개시켜 주마."

한서영이 대답했다.

"알겠어요, 아빠."

그때 김동하가 물었다.

"그런데 혈액암이라는 것이 무엇입니까?"

한서영이 김동하를 바라보았다.

잠시 눈을 깜박이던 한서영이 입을 열었다.

"혈액암이라면 대부분 백혈병과 같은 림프종이나 다발성 골수종을 말해. 인간의 혈관을 흐르는 핏속에 들어 있는 백혈구의 분화단계 중 초기단계에 있는 전구세포 또는 줄기세포에 암적인 변이가 발생하여 과도한 분열이 일어나고 그것이 골수 내에 축적되어 말초혈액에 골수아세포가 나타나게 돼. 그게 혈액암이야. 그 병에 걸리면 치료를 하지 않을 경우 짧게는 이 개월 정도고 길게 버틴다고 해도 오래 버티긴 힘들어."

한서영은 김동하가 혈액암을 궁금해 하자 상세하게 설명했다.

김동하의 눈이 껌벅였다.

"몸속의 피에 그런 게 있단 말입니까?"

자신이 알고 있는 한의학에서는 사람의 피의 성분을 세밀하게 분석해 놓은 구절은 본 적이 없었던 김동하였다.

그런 김동하에게 한서영의 말은 또 다른 눈을 뜨게 만들어주었다.

그때였다.

“오래 기다리셨지요? 예전부터 서영이가 좋아하는 스테이크 식으로 구우려니 시간이 좀 걸렸습니다. 하하.”

유종현 사장이 쟁반에 먹음직하게 익은 스테이크식으로 구운 치킨요리를 들고 다가왔다.

쟁반을 들지 않은 다른 손에는 두 병의 시원한 맥주가 들려 있었다.

치킨요리와 맥주를 내려놓은 유종현 사장이 웃으면서 입을 열었다.

“이건 형님과 형수님을 오해한 제가 사는 것입니다. 그러니까 아까 제가 한 말은 형님이나 형수님께서 잊어주셨으면 좋겠습니다.”

한종섭이 피식 웃었다.

“싱겁군. 유사장이 뭘 잘못했다고 그러나?”

한종섭의 입가에 사람 좋은 미소가 가득 떠올라 있었다.

이은숙은 조금 전까지만 해도 동창회 다녀온 이야기로 약간 신이 난 듯한 모습이었지만 남편의 사업이 힘들지 모른다는 말에 살짝 힘이 빠진 모습이었다.

마녀들의 대화

와장창—

화장대 위에 세워놓은 거울이 집어던진 로션병에 의해서 산산조각 났다.

깨어진 거울조각 파편이 사방으로 튀며 방바닥으로 떨어져 흩어졌다.

화장대의 앞에는 머리를 늘어트린 여인이 등을 보이며 앉아 있었다.

깨어진 거울조각이 여인의 손등을 스친 것인지 여인의 손등에서 붉은 피가 조금씩 새어나오고 있었다.

잔주름으로 가득한 여인이 자신의 손등에서 흘러나오는

붉은 피를 멍한 시선으로 바라보았다.

메마른 여인의 입술은 검게 탄 듯했고 입술 주변으로는 마치 가뭄에 논바닥이 갈라진 느낌의 가는 잔주름이 가득했다.

머리를 숙이고 자신의 손등에 만들어진 상처에서 흘러나오는 피를 바라보고 있는 여인은 김동하에 의해서 천명을 회수당한 윤수경이었다.

지금의 윤수경은 70대의 노파라고 해도 그다지 어긋나지 않는 주름으로 가득한 얼굴이었다.

비록 몸매는 선천적인 체질 탓에 가꾸는 것을 포기했지만 얼굴이나 피부만큼은 항상 팽팽한 젊음을 유지하기 위해서 신경을 써서 관리했던 윤수경이었다.

그런데 단 하룻밤 사이에 이렇게 늙어버릴 것이라고 그녀는 상상도 하지 못했다.

윤수경의 눈은 세상 전부를 잃은 듯 공허했다.

강남에서 가장 비싸다고 알려진 대치동 골든리치타워의 로열층에 살고 있으면서 세상 그 누구보다 도도했던 윤수경이었지만 지금은 거리의 노숙자가 된 것처럼 사무칠 정도의 상실감에 절망하고 있었다.

아무 말 없이 자신의 손등에서 흘러내리는 핏방울을 바라보고 있던 윤수경이 입술을 꼬옥 깨물었다.

"이럴 순 없어."

윤수경이 의자에서 일어서며 화장대 옆쪽의 협탁에 올려 놓은 자신의 전화기를 들었다.

전화기의 주소란을 통해 몇 개의 번호를 확인하다가 하나의 이름을 찾아내고 발신버튼을 눌렀다.

쿡—

전화기 화면에 수신처의 이름이 떠올랐다.

[영진 장수란 여사]

윤수경의 친구인 엄수연이 며칠전 알려준 번호였다.

몇 번이나 전화를 해 보려다 결국은 하지 못하고 윤수경의 전화기에 저장되어 있기만 했던 번호였다.

윤수경의 귀로 긴 발신음이 들려왔다.

띠리리리리리릿—

발신음이 한참이나 계속되었지만 상대는 전화를 받지 않았다.

상대가 전화를 받지 않으리란 걸 느낀 윤수경이 짧은 한숨을 내쉬며 다시 전화를 끊었다.

이내 다시 발신버튼을 누를지 말지를 망설이던 윤수경이 눈을 깜박이며 메시지창을 띄웠다.

빠른 손놀림으로 윤수경이 문자를 작성하기 시작했다.

[대치동의 윤수경이에요. 얼마 전 쉘부르에 들렀다가 장 여사에 대한 이야기를 들었어요. 저 역시 장 여사와 같은 증상을 겪고 있는 중이에요. 그리고 내용을 알아보니 장 여사와 저의 공통점 하나가 관련되어 있다는 것을 알았어요. 어쩌면 장 여사와 내가 이렇게 된 원인을 찾을 수도 있을지 모르니까 통화를 원해요.]

문자 작성을 마친 윤수경이 발신을 누르고 전화기를 내려다보았다.

장수란이 자신이 보낸 문자를 볼지 보지 않고 무시할지 확신할 수 없었지만 만약 문자를 확인한다면 꼭 전화를 해 올 것이라고 생각했다.

윤수경의 짐작은 맞았다.

문자를 보낸 지 불과 1분도 지나지 않아서 윤수경의 전화기가 울리고 있었다.

띠리리리리리.

윤수경이 자신의 전화기를 확인하자 전화기의 발신자 표시창에 영진 장수란여사라는 이름이 떠올라 있었다.

윤수경이 통화버튼을 누르고 재빨리 전화기를 귀로 가져갔다.

"여보세요?"

늙어버린 자신의 얼굴처럼 자신의 목소리도 나이 먹은

노파의 목소리처럼 힘이 빠져 있는 느낌이 들어 윤수경이 어금니를 악물었다.

윤수경의 귀에 역시 늙은 여인의 목소리가 들려왔다.

—여보세요. 나 장수란이에요.

장수란의 목소리도 힘이 빠져 있다는 느낌이 들었다.

한때는 장미회 멤버들 사이에서도 도도하다고 소문이 날 정도였던 장수란이었지만 지금은 그저 늙은 노파의 목소리로 변해 있었다.

윤수경이 대답했다.

"저 대치동 윤수경이에요."

—알아요.

장수란과 윤수경은 서로 같은 장미회의 멤버였지만 그다지 친밀한 관계는 아니었다.

—근데 저에게 이런 문자를 보낸 이유가 뭔지 물어도 될까요?

장수란의 목소리가 조심스러웠다.

마치 세상에 절대로 드러낼 수 없는 자신의 비밀을 누군가 몰래 훔쳐보고 있는 것이 아닌지 의심하는 듯한 어투였다.

윤수경이 잠시 입을 열었다.

"잠을 자고 난 뒤에 내 모습이 변했어요. 장 여사도 같은 증상을 겪고 있다고 들었는데 아닌가요?"

—누가 그러던가요?

장수란의 목소리에 조금 힘이 들어갔다.

윤수경이 이를 악물었다.

"누가 알려준 것인지 그게 중요한가요? 그보다는 우리가 이렇게 된 원인을 먼저 찾아서 해결하는 것이 더 중요하지 않겠어요? 장 여사나 저나 영문도 모르고 평생 이 모습으로 살아가야 한다면 너무 억울하지 않겠어요?"

—원하는 게 뭐예요?

윤수경이 잠시 눈을 감았다가 떴다.

"장 여사가 저와 같은 증상을 겪고 있다는 말을 듣고 알아보니 저와 장 여사의 공통점이 딱 하나가 있었어요."

—그게 뭔가요?

장수란도 관심이 생긴 것인지 곧바로 물어왔다.

윤수경이 깨어진 거울조각에 의해 스친 자신의 손등에서 흘러나오는 피를 내려다보았다.

손등조차 늙은 노파의 손처럼 자글자글한 주름으로 뒤덮여 있었다.

한때는 30대의 젊은 여인들처럼 팽팽한 피부탄력을 자랑하던 손이었지만 지금은 손톱에 발라놓은 붉은색의 매니큐어가 천하게 보일 정도로 늙어버린 모습이었다.

윤수경이 나직하게 입을 열었다.

"저와 장 여사의 공통점은 세영대학병원이 관련되어 있

다는 것이에요."

—세영대학병원?

장수란이 약간 놀란 듯 반문했다.

윤수경이 턱과 목을 이용해 전화기를 고정하고 화장대 옆에 놓인 티슈통에서 휴지를 뽑아 손등의 상처를 눌렀다.

윤수경의 입이 열렸다.

"장 여사가 그렇게 된 것은 장 여사의 막내딸과 관련된 사연으로 세영대학병원을 다녀오고 난 이후라고 들었어요. 저 역시 세영대학병원의 젊은 여자 의사를 만난 이후 장 여사와 같은 증상을 겪고 있는 중이에요."

—젊은 여자 의사라고요?

장수란은 자신이 세영대학병원의 장례식장에서 막내딸 유채영과 관련된 학교폭력사건으로 자살한 여학생의 영전 앞에서 만났던 젊고 아름다웠던 여자 의사를 떠올렸다.

장수란이 다시 물었다.

—혹시 윤 여사가 말씀하시는 그 세영대학병원의 젊은 여자 의사가 무척 예쁘고 키가 크지 않던가요?

윤수경이 대답했다.

"장 여사의 말씀이 맞아요. 내가 봐도 놀랄 정도로 아름다운 여자 의사더군요. 이름은 알아내지 못했지만 세영대학병원의 내과병동에서 근무한다고 들었어요. 그리고 그 여자 의사 옆에 젊은 청년이 함께 있었다는 것도 특이했어요. 근데 장 여사도 그 젊은 여자 의사와 만난 적이 있었던 것인가요?"

윤수경의 말에 전화기를 통해 장수란의 놀란 듯한 탄성이 들려왔다.

—마, 맞아요.

장수란은 그때 세영대학병원의 영안실에서 그 젊고 아름다운 여자 의사와 말다툼을 한 이후 자신이 지금과 같은 상황을 맞이하게 되었다는 것을 깨달았다.

그리고 그 여자 의사의 옆에 서 있던 키가 크고 잘생긴 젊은 청년이 자신의 손찌검을 막았다는 것까지 기억한 것이다.

윤수경이 눈을 깜박이며 말을 이었다.

"장 여사와 제가 지금과 같은 증상을 겪고 있는 것이 단순하게 세영대학병원이라는 장소만 연결된 것이 아니라 그 여자 의사와 관련이 있을 것 같네요."

장수란이 대답했다.

—그런 것 같군요. 나 역시 세영대학병원의 영안실에서 그 여자 의사를 만난 적이 있어요.

윤수경이 입을 열었다.

"이럴 것이 아니라 장 여사와 제가 직접 만나서 이야기를 하는 것이 좋을 것 같아요. 어떻게 할 것인지 장 여사와 제가 만나서 해결방법을 찾아보는 것이 어떤가요?"

윤수경의 말에 장수란이 대답했다.

—윤 여사와 만나는 것은 좋지만 저는 지금 이 모습으로는 어디에도 나갈 수가 없을 것 같아요. 윤 여사는 그렇지 않은가요?

윤수경이 차갑게 웃었다.

"제가 장 여사에게 갈게요. 장 여사께서 외출하시는 것이 불편하면 장 여사의 저택에서 만나는 것이 좋겠어요."

—이쪽으로 오신다는 말씀인가요?

"예!"

윤수경이 망설이지 않고 대답했다.

장수란은 윤수경이 직접 오겠다는 말에 선 듯 승낙했다.

—윤 여사께서 그렇게 해 주신다면 나로서는 무엇보다 좋은 일이겠죠.

윤수경이 잠시 망설이다가 입을 열었다.

"지금 이 모습을 제 차를 운전하는 기사에게도 들키고 싶지 않으니까 그냥 택시를 타고 가겠어요. 장 여사의 양재동 저택까지는 그렇게 멀지 않으니까 금방 도착할 거예요."

—빌라 입구와 우리 집 집사에게 말해놓을게요. 윤 여사가 도착하면 곧장 저에게 데려와 줄 거예요.

"그럼 조금 있다가 뵐게요."

—네. 기다리죠.

두 여자의 대화가 끝났다.

윤수경은 통화가 끊어진 전화기를 잠시 내려다보다가 이내 옷을 갈아입기 시작했다.

동시에 머리에 스카프를 둘러 아예 얼굴전체를 가렸다. 검은색의 안경까지 쓴 터라 김동하에게 천명을 회수당한 이후 변한 70대의 노파의 모습은 조금도 보이지 않았다.

완벽(?)하게 자신의 모습을 감춘 윤수경이 자신의 가방을 들고 방을 나섰다.

집안은 절간처럼 고요했다. 지금의 이 모습으로 변한 뒤에 아예 집에서 일하고 있던 가정부까지 다시 부를 때까지 고향집에서 대기하고 있으라는 말로 고향 창원으로 돌려보낸 윤수경이었다.

윤수경이 김동하에게 천명을 회수 당하게 만들었던 직접적인 원인을 제공한 아들 서동혁은 벌써 며칠째 집에도 들어오지 않고 밖으로 떠돌고 있었다.

하긴 서동혁에게 필요한 것은 엄마 윤수경이 아닌 윤수경이 가지고 있는 엄청난 돈일뿐이었기에 그것만 있다면 엄마조차 잊을 수가 있었다.

윤수경이 휑한 느낌의 거실을 둘러보다 어금니를 깨물었다.

"엄마가 지금 어찌되어 있는지도 모르는 놈 같으니……."

낮게 말하는 윤수경의 목소리에는 힘이 빠져 있었다.

엘리베이터를 타고 아래층으로 내려온 윤수경이 아파트 입구로 걸어 나와 세워진 택시를 잡아탔다.

택시기사가 뒷좌석으로 올라타는 윤수경의 모습을 룸미러를 통해 바라보았다.

문을 닫은 윤수경이 택시기사에게 입을 열었다.

"양재동 화전아트빌로 가요."

윤수경의 말에 택시기사가 눈을 껌벅였다.

양재동 화전아트빌이면 서울에서도 부촌으로 알려진 곳이었다. 유명한 연예인이나 고위공직자를 비롯해서 대그룹의 총수들의 저택들이 위치하고 있는 곳이었고, 빌라촌의 입구에서 일반인들의 출입을 통제한다고 알려진 곳이기도 했다.

택시기사가 조심스럽게 입을 열었다.

"우리 같은 택시는 안으로 들어가지 못하고 화전아트빌의 입구까지만 들어갈 수 있습니다."

윤수경이 힘이 빠진 목소리로 대답했다.

"미리 연락해 놓았으니 들어갈 수 있을 거예요."

"알겠습니다."

택시기사가 머리를 끄덕이고 차를 출발시켰다.

운전을 하는 안만수는 택시운전 경력만 16년째였다.

사람이 좋고 선량한 심성이었지만 한가지 단점이라면 남

자답게 과묵하지 못하고 수다스러운 입심이었다.

하긴 하루에도 수백 명의 손님들을 태우고 데려다 주는 일을 하는 그다. 그 많은 사람들을 만나면서 수많은 사연을 보고 들었던 것을 다른 사람들에게 전해주는 재미가 없다면 택시기사는 참으로 지루한 직업이었을 것이다. 안만수가 힐끗 룸미러로 윤수경의 얼굴을 살피다가 입을 열었다.

"손님! 죄송하지만 오늘 참 재미있는 사연을 들었는데 한번 들어보시겠습니까?"

안만수의 말에 윤수경은 귀찮은데다 자신의 늙은 목소리를 다시 뱉어내는 것이 싫어서 잠자코 있었다.

안만수가 웃는 얼굴로 입을 열었다.

"오늘 오후에 한남동에서 여자승객 몇 분을 태웠지요. 한남동의 한정식집 동매향 앞에서 여의도 한성방송국 앞에 데려다 달라기에 모셔다 드리기로 했는데, 여자 승객분들이 다들 50대로 보이는 분들이시고 모두가 여고시절 동창들이라고 하시더군요. 허허."

말을 하면서도 안만수는 신이 난 표정이었다.

윤수경은 택시기사의 말을 한쪽 귀로 듣고 한쪽 귀로 흘렸다. 자신의 차를 운전하는 기사는 자신이 지시하지 않으면 단 한마디도 하지 않기에 귀에 거슬리는 이야기를 들을 일도 없지만 어쩔 수 없이 택시를 탄 상황이니 그냥 듣고 있어야 했다.

평소의 윤수경이라면 택시기사에게 아무 말도 하지 말라고 톡 쏘았을 성격이지만 지금은 장수란을 만나야 한다는 생각뿐이었기에 말릴 생각도 하지 않았다.

윤수경의 생각을 모르는 택시기사 안만수가 계속해서 신이 난 듯 입을 열었다.

"근데 그 동매향의 앞에 태운 손님들을 배웅하는 여자 분이 계셨는데 참 기가 막히더군요. 제가 보기에는 택시에 탄 여자 승객 분들의 딸처럼 보이는 참 예쁘고 젊은 아가씨였는데, 택시에 탄 그 50대 아주머니들의 친구 분이라고 하더라고요."

택시기사 안만수의 말을 들은 윤수경이 검은 안경 속에서 눈을 깜박였다. 대꾸를 하지 않으려 했지만 무슨 이유에서인지 안만수의 말이 그녀의 귀로 쏙 들어오고 있었다. 안만수가 다시 떠들었다.

"내가 올해 54살인데 그렇게 젊은 분이 나이가 58살이라는 것을 들었을 때 기가 막혔지요. 내 눈에는 꼭 20대 정도의 젊은 아가씨였는데 택시에 탄 50대의 아주머니들과 친구 사이라는 것이 믿어지지 않았습니다. 허허. 내 그리 오래 살진 않았지만 그 젊은 아가씨 같은 아줌마는 처음이었지요. 내가 진짜 친구 사이가 맞는지 물었는데 택시에 탄 아주머니들이 전부 친구가 맞는다고 하기에 정말 놀랐습니다. 배웅을 하는데 보니까 젊어 보이는 것도 그렇지만 또 예쁘기는 어찌 그리 예쁜지, 지금까지 내가 운전하는 택시에 탄 손님들 중 그렇게 예쁜 분은 단 한 명도 없었다고 생각할 정도였지요."

사거리에서 좌측 깜박이를 넣고 택시가 천천히 좌회전 차선으로 들어서게 만든 안만수가 변속기의 레버를 'N'으로 옮기며 싱긋 웃었다.

"한남동 한정식집 동매향 앞에서 그분의 배웅을 받고 여의도로 출발하는데 차 안에서 그분의 친구 분들이 하는 말을 들었는데 참 기가 막혔습니다. 배웅을 하시던 그 여자분의 사위가 의산데 그분을 그렇게 젊게 해주셨다고 하시더군요. 요즘 우리 한국이 성형수술이 유행이긴 하지만 그렇다고 사람까지 젊어지게 하는 성형수술은 저도 처음 보았습니다요. 허허허."

택시기사 안만수의 말에 윤수경의 눈이 살짝 커졌다.

처음에는 택시기사의 말을 그냥 흘려들었지만 말을 할수록 윤수경의 귀가 열리면서 안만수의 말이 그녀의 머릿속으로 파고들어왔다.

더구나 남편 서종환이 피부성형외과 의사였기에 성형수술이라는 말이 더욱 윤수경의 귀에 들어왔을지도 몰랐다.

남편의 의술로는 얼굴의 윤곽이나 턱뼈를 깎아내는 것 외에 코를 높이거나 눈의 쌍꺼풀수술, 흉터제거, 지방흡

입 등 단순한 성형수술을 하는 것이 전부였다.

지금 택시기사 하는 것처럼 사람을 젊어지게 하는 성형수술이라는 것은 들어본 적도 없었고 가능하지도 않다는 것을 누구보다 잘 아는 윤수경이었다.

윤수경이 자신의 말에 귀를 기울이고 있다는 것을 느낀 안만수가 다시 즐거운 목소리로 입을 열었다.

“나도 돈이 있다면 그런 성형수술을 받고 싶을 정도였지요. 그 젊은 여자 분의 딸이 의사인데 사위도 의사라고 하더군요. 그러면서 사위가 그 젊은 여자 분을 그렇게 만들어 주셨다고 하시면서 제 차에 탄 아주머니들도 나중에 자신들도 같은 수술을 받을 것이라고 하시더군요. 근데 정말 그런 수술을 하는 곳이 있을지 몰랐습니다. 허허, 그렇지 않아도 요즘 나이가 먹어가는 것이 영 마음에 거슬렸는데 정말 저도 할 수 있다면 그런 수술을 받고 싶더라고요. 아니 저보다는 제 마누라를 수술시켜 줄 생각도 들었습니다. 제 택시에 탄 아주머니들의 딸로 보이는 젊은 여자 분이 친구 사이라고 할 때까지 정말 그분들의 딸이라고 생각했을 정도니까요.”

윤수경이 참지 못하고 입을 열었다.

“성형수술을 했다고 하던가요?”

결국 윤수경이 자신의 말에 대꾸하기 시작하자 안만수가 힐끗 뒤쪽을 돌아보았다.

"뭐 그 아주머니들이 하시는 말로는 젊은 여자 분의 의사 사위가 그렇게 해 주셨다고 하셨으니 수술을 한 게 틀림없다고 하시더라고요. 근데 내 눈에는 수술 흔적이 전혀 없는 그야말로 자연미인으로 보이던데, 그분들이 수술한 게 맞는다고 하니 정말 놀랐지요."

윤수경이 물었다.

"그 수술을 한 병원이 어딘지 이야기를 하던가요?"

안만수가 이를 드러내며 웃었다.

"어디서 수술한 것인지 이야기는 하지 않았습니다. 근데 택시에 탄 아주머니 분들이 이야기를 하는 중에 들었는데 아주머니들의 친구라고 하신 그 젊은 여자 분의 딸이 세영대학병원에서 근무하는 의사라고 하더라고요. 그 말대로라면 그 의사 사위도 세영대학병원에서 근무하는 의사가 아닐까요?"

또다시 세영대학병원이라는 말이 흘러나오자 윤수경의 눈이 커졌다.

"딸이 세영대학병원의 의사라고 했어요?"

그때 신호가 바뀌어 좌회전 신호가 들어왔다. 안만수가 변속레버를 'D'로 바꾸며 급하게 차를 출발시켰다.

"예! 확실하게 세영대학병원이라고 하셨지요. 차에 탄 아주머니들 중 한분의 아들이 송파구 방이동에 있는 서룡그룹에서 높은 자리에 근무한다는데, 그 젊은 여자 분의

의사 딸을 아주머니의 아들과 결혼을 시킬 욕심을 품고 있었다고 하더라고요. 근데 이미 젊은 여자 분이 사위를 보았다고 해서 실망하더라고요. 허허."

택시기사 안만수의 말은 윤수경의 가슴을 심하게 두근거리게 만들었다.

자신이 이렇게 늙어버린 이유가 세영대학병원에서 근무하는 젊고 아름다운 여자 의사와 연관이 되어 있을 것이라고 생각하던 차에 또다시 세영대학병원이라는 말을 듣자 자신도 모르게 가슴이 뛰기 시작한 것이다.

윤수경이 물었다.

"세영대학병원에 성형외과가 있나요?"

택시기사 안만수가 웃었다.

"허허 그건 저도 모르지요. 근데 세영대학병원이라면 우리나라에서도 몇 번째 가는 큰 병원인데 설마 성형외과가 없을까요?"

"……."

윤수경은 아무 말도 할 수가 없었다.

자신 역시 세영대학병원에 성형외과가 있는지 없는지 확인하지 못했다. 세영대학병원의 외과에는 성형외과와 피부과가 버젓하게 존재하고 있었지만 외과는 내과 인턴인 한서영과 상관이 없는 곳이었다. 윤수경은 한서영에 대한 조사를 하면서 세영대학병원의 성형외과에 대해 알아볼 생각이 들었다.

안만수가 빙긋 웃었다.

"허허, 내 마누라가 한남동에서 본 그분처럼 성형수술이라도 해서 다시 젊어진다면 난 매일 업어줄 것 같네요. 나는 그 여자 분의 남편이 참으로 부럽더라고요. 젊지, 예쁘지, 게다가 몸매마저 아가씨들처럼 늘씬하시더라고요. 하하하."

윤수경은 성형수술로 정말 사람이 젊어질 수 있는지 궁금했다.

자신의 남편이 성형외과의 의사이긴 하지만 기껏해야 성형수술을 의뢰한 환자의 얼굴의 주름을 없애주거나 얼굴의 형태 등을 인위적으로 바꾸는 수술을 할 뿐이다.

택시기사의 말처럼 사람을 젊어지게 만드는 것은 불가능했다.

더구나 이렇게 호들갑을 떨어대는 것으로 보아 절대로 거짓말처럼 보이지는 않았다. 택시기사 안만수가 실컷 이야기를 지껄이다가 머리를 갸웃하며 다시 입을 열었다.

"근데 한 가지 이상한 것이 있더라고요."

"그건 뭔가요?"

이제 윤수경이 택시기사의 말에 적극적으로 호응했다.

안만수가 입을 열었다.

"제 택시에 탄 아주머니들이 하시는 말로는 그 젊은 친구

분의 얼굴이 예전의 얼굴하고 똑같다고 하시더라고요. 제가 알기로는 성형수술을 하면 얼굴의 형태가 달라지거나 코가 솟고 턱을 깎는 정도면 친한 사람이라고 해도 얼굴을 알아볼 수 없을 정도로 변한다고 하던데 어떻게 그 아주머니들 말씀으로는 배웅하시던 친구 분의 얼굴이 젊은 시절의 그 친구 분의 얼굴 그대로였다고 하시더군요. 정말 그럴 수 있는 것인지 참 놀랐습니다. 하하하. 그게 사실이라면 말 그대로 회춘을 한 것이 아닙니까."

택시기사의 말에 윤수경의 눈이 반짝였다.

얼굴의 형태를 변형시키지 않고 젊은 시절의 얼굴로 복구할 성형수술이 있다는 것은 들어본 적도 없는 윤수경이었다. 윤수경이 물었다.

"성형수술을 했다는 그 여자의 얼굴이 달라진 것이 아니라 젊은 시절의 얼굴로 돌아왔다는 말인가요?"

"예! 제 택시에 탄 아주머니들이 전부 그랬습니다. 젊었을 때 은숙이의 얼굴 그대로라고요. 참! 그 젊은 여자 분의 이름이 은숙이라는 것도 택시에 탄 아주머니들이 여의도 한성방송국에 도착할 때까지 수다를 떨어준 덕에 알게 되었지요. 허허."

"……."

윤수경이 잠시 눈을 감았다가 떴다.

은숙이라는 이름만으로는 택시기사가 말한 그 젊어진 여

자를 찾는 것은 불가능하다는 것을 느꼈다.

"한남동에서 배웅하셨다고요?"

안만수가 대답했다.

"예! 그 젊은 여자 분은 집이 그쪽에서 가까우셨던 것 같더라고요. 쩝! 이러면 안 되지만 다시 한번 얼굴을 뵙고 싶을 정도로 예쁘신 분이셨지요. 허허. 저도 나이가 먹어가면서 주책도 늘어갑니다. 하하하."

택시기사가 수다를 떨며 운전하는 탓에 윤수경은 어느새 양재동 빌라촌 화전아트빌의 입구로 들어서고 있다는 것을 모를 정도였다.

택시가 화전아트빌로 들어가는 입구에 세워진 빌라촌 경비초소 앞에서 멈추었다.

끼익—

차가 멈추자 경비초소에서 회색의 제복을 입은 40대 후반의 남자가 밖으로 걸어 나왔다. 안만수가 운전석의 창문을 내렸다. 뒤이어 윤수경도 뒷좌석의 창을 내렸다.

스르르륵—

택시의 창문이 내려가자 경비원이 살짝 경례를 하며 입을 열었다.

"어디서 오셨습니까? 여긴 택시가 들어가지 못하는 사유지……."

경비원의 귀에 뒷좌석에 앉은 윤수경의 목소리가 들려

왔다.

"명진의 저택에서 연락을 받지 못했나요?"

윤수경의 말에 경비원이 급하게 입을 열었다.

"아! 연락 받았습니다. 들어가십시오. 명진의 저택으로는 제가 연락해놓겠습니다."

"고마워요."

경비원이 차단기의 봉을 재빨리 들어올렸다.

빌라촌으로 들어가기 위해서는 차단기의 감지기를 해제시키는 센서를 차에 부착해 두어야 했다. 그 때문에 지금처럼 외부의 차를 들여보내기 위해서는 수동조작을 해야 했다. 차단기의 봉이 오르자 윤수경이 안만수에게 입을 열었다.

"제일 안쪽의 끝 집이에요."

"알겠습니다."

부우우우우웅—

택시가 초소를 통과해서 안쪽으로 들어가 제일 안쪽까지 천천히 달렸다. 초소에서 빌라촌 제일 안쪽까지의 거리는 약 200m 정도였기에 빠르게 도착했다.

끼익—

차가 세워지자 저택에서 깔끔한 와이셔츠 차림의 40대 남자가 문을 열고 나왔다. 윤수경이 택시기사에게 만 원권 지폐를 내밀며 입을 열었다.

"거스름돈은 필요 없어요."

안만수가 활짝 웃었다.

"감사합니다, 사모님!"

지금까지 수다를 떨면서 운전한 것도 신났지만 이렇게 거스름돈이 필요 없는 차비를 받으면서 더욱 기분이 좋아진 안만수였다.

윤수경이 택시에서 내리자 안만수가 차를 돌려 다시 빌라촌을 빠져나갔다. 입구 쪽에서 경비원이 안만수의 택시가 돌아 나오기를 기다리는 모습이 보였다.

한편 윤수경은 차에서 내리자 장수란이 살고 있는 빌라를 눈으로 살폈다. 자신이 살고 있는 아파트와는 또 다른 정취를 내뿜고 있는 저택이었다.

윤수경이 차에서 내리는 것을 본 40대의 와이셔츠를 걸친 남자가 윤수경에게 살짝 이마를 숙였다.

"저택 집사입니다. 큰 사모님으로부터 손님이 오신다는 말을 들었습니다. 어서 오십시오."

윤수경이 머리를 끄덕였다.

"고마워요."

윤수경은 머리부터 손끝까지 그야말로 가릴 수 있는 곳은 모두 가린 모습이었지만 집사는 전혀 이상하게 생각하거나 수상하게 보지 않았다. 저택에서 장수란의 말은 남편인 유정호 의원보다 더 큰 권위를 가지고 있었다.

집사가 윤수경을 안내하여 저택으로 들어갔다.

윤수경은 비록 장수란과 같은 장미회의 멤버이긴 하지만 이렇게 저택을 직접 찾아온 적은 처음이었다.

장수란이 특별할 만큼 자신과 친분을 쌓지 않은 사람에게는 절대로 자신의 집을 보여주는 일이 없었기 때문이었다.

실제로 장수란은 같은 장미회에서도 스스로의 도도함과 막대한 재력으로 인해 쉽게 곁을 내어주는 여인이 아니었다. 다만 장미회라는 것이 특별한 모임이고, 가입하기도 어렵고 가입한 이후 관리하는 것도 어려운 모임이었기에 그곳에 자신의 이름을 올려놓고 있을 뿐이었다.

저택은 무척이나 화려했다.

정원의 한가운데 작은 분수가 만들어져 있었고 분수의 주변으로 키 작은 정원석이 오밀조밀 꾸며져 있었다.

저택의 입구 쪽엔 대리석으로 만들어진 반라의 다비드석상이 놓여 있었고 석상의 뒤편으로는 아름다운 장미가 피어 있었다.

반대편으로는 정원을 바라보며 그네를 탈수 있도록 그네가 있고 그네의 맞은편에는 저택의 거실에서 한눈에 정원을 바라볼 수 있는 거대한 통유리의 창이 설치되어 있었다.

윤수경이 저택의 정원을 살며시 돌아보며 중얼거렸다.

"역시 영진의 사모님다운 저택이네."

자신의 아파트와는 단순하게 비교할 수 없는 은근한 운치가 있는 저택의 풍경이었다.

집사가 현관 입구로 안내하며 입을 열었다.

"안으로 들어가셔서 2층으로 올라가시면 큰 사모님이 기다리고 계실 것입니다."

윤수경이 머리를 끄덕였다.

"고마워요."

"천만에요. 좋은 시간되십시오."

가볍게 목례를 마친 집사가 정원의 한쪽으로 걸음을 옮겼다. 저택의 뒤쪽에 있는 별채가 집사의 거처였기 때문이었다.

별채는 집사 외에 저택의 정원을 관리하는 정원사와 정수란의 비서를 비롯해서 운전기사까지 머무는 장소였다. 집사와 정원사는 아예 별채에서 기거하고 있었지만 비서나 운전기사는 장수란이 저택으로 돌아오면 퇴근하거나 별도의 지시가 없으면 귀가했다.

윤수경이 저택의 안으로 들어서자 저택의 입구 거실에서 앞치마를 걸친 40대의 여자가 머리를 숙였다.

"어서 오세요."

40대의 여자는 저택의 가정부 마산댁이었다.

장수란이 자신과 같은 기이한 증세를 보이고 있다는 것

을 눈앞의 가정부가 시장에서 장을 보다가 만난 동향인 친구에게 털어놓았기에 장수란이 숨기고 있던 비밀을 알게 된 윤수경이었다.

윤수경은 작게 머리를 끄덕였다.

입이 싼 가정부였지만 그 덕분에 장수란이 자신과 같은 증세를 보인다는 것을 알게 되었기에 일말 고마운 마음까지 들 정도였다.

"사모님은 2층에서 기다리고 계세요."

"알았어요."

윤수경이 저택의 2층으로 향하는 계단으로 발걸음을 옮겼다. 마산댁은 윤수경이 2층으로 향하는 것을 보며 재빨리 주방으로 종종걸음을 쳤다. 윤수경이 올라간 후에 장수란으로부터 곧바로 차를 가지고 올라오라는 지시를 받게 될 것이 틀림없기 때문이었다.

장수란이 저택의 안방에서 나오지 않은 이후 저택은 기괴한 정적으로 가득했다.

장수란에게는 금쪽같던 딸들도 장수란의 방에 접근하지 못했고 남편인 유정호 의원조차 장수란의 얼굴을 볼 수 없을 정도로 저택의 분위기는 싸늘했다.

자신 때문에 자살했던 최은지라는 여학생으로 인해서 엄마에게 괴변이 생겼다는 것을 알게 된 막내딸 유채영은 엄마의 모습이 달라진 것에 충격을 받은 것인지 근래 와서 상당히 많이 기가 죽어 있었다.

더구나 다시 살아난 최은지가 자신을 끔찍한 악몽의 구렁텅이로 밀어 넣은 유채연과 친구들을 상대로 복수를 할 것이라는 소문이 돌고 있었기에 요즘에는 학교에도 잘 나가지 않는 눈치였다.

유채영의 아버지인 유정호 의원이 손을 써서 경찰의 개입을 차단하고는 있었다.

하지만 다시 살아난 최은지가 그동안 유채영과 그 친구들이 자신에게 저지른 모든 일들의 증거를 차곡차곡 모으는 것으로 인해 언제 발등에 불이 떨어지게 될 것인지 두렵기만 한 모양이었다.

위층으로 올라온 윤수경이 머리를 돌리자 한쪽의 방문이 조금 열려 있는 것이 보였다.

"어서 와요. 여기예요."

한 뼘쯤 열려진 방에서 누군가 얼굴을 살짝 드러내고 윤수경을 바라보았다.

윤수경이 살짝 목례를 했다.

"오랜만이에요. 장 여사님."

"그러게요."

두 사람은 서로 친하지는 않았지만 장미회의 모임에서 서로 얼굴을 익힌 탓에 그렇게 서먹하지는 않았다.

윤수경이 장수란이 머물고 있는 방문을 열고 안으로 들

어섰다.

순간 윤수경의 이마가 찌푸려졌다. 얼굴을 스카프로 가리고 있었기에 정확하게 표정을 장수란에게 들키지는 않았지만 만약 장수란이 윤수경의 얼굴표정을 보았다면 참아왔던 히스테리를 부릴 정도로 기묘한 표정이었다.

윤수경이 들어선 방 안에서는 윤수경으로서는 처음으로 느끼는 냄새가 풍기고 있었다. 그것은 오랜 옛날에 시골농가에서 메주를 띄울 때 흘러나오던 냄새와 흡사했다.

장수란은 머리를 완전히 풀어헤쳐서 얼굴을 가리고 있는 모습이었다. 도도하고 우아함을 자신하던 이전 장수란의 모습과는 전혀 다른 모습이었다.

장수란이 입을 열었다.

"기묘한 냄새가 나죠?"

장수란도 자신의 방에서 메주를 띄울 때 흘러나오는 것과 같은 향기가 난다는 것을 이미 알고 있는 듯했다.

윤수경이 물었다.

"이게 무슨 냄새인가요?"

장수란이 나직하게 대답했다.

"예전 어릴 때 우리 할머니가 된장이나 간장 담글 때 사용하려고 메주를 띄울 때 나던 냄새와 같은 느낌이 아닌가요?"

윤수경이 놀란 얼굴로 장수란을 바라보았다.

"알고 계셨어요?"

장수란이 허탈하게 웃었다.

"물론이에요 내가 어떻게 모르겠어요?"

윤수경이 이마를 찌푸리며 물었다.

"근데 왜 환기를 시키지 않고 이렇게 계세요? 냄새는 빼면 그만이잖아요?"

장수란이 머리를 흔들었다.

"매일매일 환기를 시키고 목욕을 하고 침대의 시트를 갈아도 이 냄새는 사라지지 않아요. 윤 여사."

"네?"

윤수경이 자신의 눈을 가린 검은 안경을 벗고 장수란을 바라보았다. 장수란이 앞 얼굴을 가린 머리카락 사이로 윤수경을 바라보았다.

"윤 여사는 지금의 그 얼굴이 된지 얼마나 된 거예요?"

윤수경이 대답했다.

"1주일은 넘지 않았어요."

장수란이 머리를 끄덕이며 낮게 웃었다.

"호호 그런가요? 그럼 10일쯤 지나면 알게 될 거예요. 이게 왜 무슨 이유로 나는 냄새인지 말이에요."

윤수경이 물었다.

"그럼 저도 이런 냄새가 나게 될 거라는 말인가요?"

윤수경의 물음에 장수란이 잠시 망설이다가 입을 열었다.

“그 얼굴을 가린 스카프는 치워요. 나랑 같은 증상이라면 익숙한 모습일 테니 감출 이유는 없잖아요?”

장수란의 말에 잠시 망설이던 윤수경이 스카프를 벗었다.

이내 70대의 노파처럼 주름으로 가득한 늙은 윤수경의 얼굴이 드러났다.

장수란이 다시 낮게 웃었다.

“호호 그러네요. 윤 여사도 나와 같은 모습이네요.”

장수란이 한쪽에 마련된 의자를 손으로 가리켰다.

“앉아요. 그냥 서서 대화를 할 만큼 간단하게 끝날 이야기는 아닐 것 같으니까요.”

“고마워요.”

윤수경이 장수란이 권하는 의자에 앉았다.

손잡이 부분이 금색의 스틸로 만들어진 의자였고 상당히 고급스러운 느낌이 들었다.

윤수경이 자리를 잡고 앉자 장수란이 자신의 침대에 걸터앉으며 입을 열었다.

“이 방에서 흘러나오는 냄새가 어디서 나는 것인지 가르쳐드리죠.”

말을 마친 윤수경이 자신이 걸치고 있는 옷의 앞섶을 갑자기 확 열었다.

순간 윤수경의 입에서 짧은 비명이 흘러나왔다.

"어멋!"

윤수경의 눈에 비친 모습은 참으로 참혹했다.

장수란의 옷 속에 감춰진 그녀의 상반신은 검은색의 반점과 만지면 저절로 툭툭 떨어져 내리는 하얀색의 피부껍질로 뒤덮여 있었다. 피부껍질은 장수란이 조금만 움직여도 마치 비듬처럼 장수란의 몸에서 떨어져 내리고 있었다. 한때는 풍성하고 풍만했던 장수란의 가슴도 이제는 마치 말라 비틀어진 건과의 과육처럼 볼품없이 늘어진 모습이었다.

윤수경이 놀란 눈으로 장수란의 모습을 바라보았다.

"매일 목욕을 하고 매일 씻어도 자고 나면 이렇게 변해요. 그리고 윤 여사가 느낀 이 냄새도 내 몸에서 저절로 흘러나오는 거예요. 난 죽어가고 있는 중이란 말이죠. 이렇게 천천히 말라가면서 말이에요. 아마 이제 며칠 후면 아마 윤 여사도 나와 같은 모습으로 변하게 될 거예요."

"세상에……."

윤수경의 몸이 덜덜 떨리고 있었다.

장수란이 나직하게 입을 열었다.

"누군가 내 몸을 고쳐준다면 내 전 재산을 모두 내어줄 수도 있을 거예요. 예전의 내 모습으로 다시 돌아가게 해준다면 말이에요."

장수란은 악몽 같은 지금의 현실이 너무나 싫고 외면하

고 싶은 심정이었다.

윤수경의 눈빛이 흔들렸다. 한때는 장미회에서도 장수란의 아름다움과 도도함으로 인해서 회원들 사이에서도 근접하기 쉽지않은 위엄까지 있었던 장수란이었다.

하지만 지금의 장수란은 그야말로 추하게 늙어가는 노파의 모습이라 너무나 충격적이었다.

장수란은 자신의 추한 모습을 보고 놀라는 윤수경의 얼굴을 보며 씁쓸한 미소를 떠올렸다.

"놀라운가요?"

"어떻게……."

윤수경은 차마 입을 열 수가 없었다.

장수란이 자신과 같은 증상을 가지고 있다는 말은 들었지만 지금의 장수란의 모습은 온몸에 소름이 돋을 정도로 충격적이었다.

더구나 자신도 곧 지금의 장수란과 같은 모습으로 변할 것이라는 것에 할 말을 잊었다.

장수란이 씁쓸한 미소를 지으며 입을 열었다.

"매일 매일이 지옥이라는 게 지금의 내 현실이에요."

윤수경이 흔들리는 시선으로 장수란을 바라보며 입을 열었다.

"병원에는… 가 보셨나요?"

장수란이 웃으면서 머리를 흔들었다.

"훗! 지금의 내 모습을 다른 사람에게 보여주라는 말인가요?"

"그건……."

"지금 이런 모습은 그 누구에게도 보여주기 싫어요. 나와 피를 나눈 내 자식에게도 보여주기 싫을 정도예요. 다만 죽고 싶어도 이렇게 추한 모습으로 죽기는 싫었어요. 그렇다고 지금 이런 모습으로 영원히 살고 싶은 생각도 없지만… 그냥 아무도 모르게 이렇게 죽어가는 나를 그냥 관조하고 있는 게 지금 내가 할 수 있는 최선이에요."

말을 마친 장수란이 다시 벗어버린 자신의 옷을 추슬렀다. 윤수경이 멍한 시선으로 장수란을 바라보았다. 잠시 입술을 악문 윤수경이 장수란을 보며 입을 열었다.

"그날 장 여사께서 병원에서 만난 여자 의사와의 일을 말해주세요."

윤수경의 말에 장수란이 잠시 멈칫했다.

장수란이 한서영과 직접 접촉한 적은 단 한 번도 없었다. 다만 자신이 한서영의 얼굴을 할퀴려 하자 한서영의 옆에서 있던 김동하가 자신의 손을 막았던 것을 기억했다. 장수란이 기억을 더듬으며 입을 열었다.

"그 여자 의사와 직접 부딪친 적은 없어요. 다만 그 죽었다고 한 계집애의 빈소에서 내가 화를 내자 그 여자 의사의 옆에 있던 남자가 나를 말렸는데……."

장수란은 김동하가 자신의 팔목을 잡자 온몸에서 힘이 빠져나가던 기억이 떠올랐다.

윤수경이 얼굴을 굳히며 물었다.

"남자가 장 여사의 손을 막았다고요?"

끄덕—

장수란이 머리를 끄덕였다.

"그랬어요. 그 젊은 남자가 나에게 모진 말을 하며 손을 막았던 것이 전부였어요. 다만 그 남자가 내 손을 잡자 왠지 모르게 힘이 빠졌는데 그게 좀 이상하긴 했어요."

장수란의 말에 윤수경이 한강변에서 있었던 당시의 상황을 떠올렸다. 윤수경의 얼굴이 굳어졌다. 자신도 한서영과 직접 부딪친 것이 아니라 한서영에게 손찌검을 하려다 김동하가 자신의 손을 잡았던 것이 떠올랐다.

"아!"

윤수경의 입에서 탄성이 흘러나왔다.

장수란이 미간을 좁히며 윤수경을 바라보았다.

"왜 그러죠?"

윤수경이 떨리는 목소리로 입을 열었다.

"나, 나도 마찬가지였어요. 그 여자 의사가 아니라 그 옆에 서 있던 젊은 남자가 내 손을 막았는데 그때 이상하게 몸에서 힘이 빠지는 느낌이었어요."

장수란의 눈이 커졌다.

"그 남자가 윤 여사의 손을 막았단 말이에요?"

윤수경이 머리를 끄덕였다.

"그랬어요. 나도 화가 나서 그 여자 의사를 때리려 했는데 여자 의사 옆에 있던 젊은 남자가 내 손을 막았어요."

장수란이 굳은 표정으로 입을 열었다.

"키가 크고 잘생긴 젊은 남자였나요?"

장수란에게 김동하는 키가 크고 과묵하게 생긴 잘생긴 젊은 청년으로 기억되어 있었다.

윤수경이 머리를 끄덕였다.

"그랬어요. 그 젊은 여자 의사와 어울리는 듯한 젊은 청년이었는데……."

장수란과 윤수경이 서로의 얼굴을 바라보며 눈을 껌벅였다.

드디어 두 사람의 공통점이 드러나고 있었다. 한수경이 관련되어 있다고 생각했지만 실제로 두 사람이 직접 접촉했던 사람은 김동하라는 것이 밝혀진 것이다.

윤수경이 입을 열었다.

"그럼 우리가 이렇게 된 것이 그 젊은 남자 때문일 수도 있겠군요?"

장수란이 머리를 끄덕였다.

"윤 여사의 말이 사실이라면 우리 두 사람이 공통적으로 접촉했던 사람은 그 여자 의사의 옆에 서 있었던 젊은 남자예요. 어쩌면 지금 이 모습의 원인이 그 젊은남자일 수도 있겠군요."

"……."

윤수경의 머릿속에 김동하의 잘생긴 얼굴과 맑은 눈빛이 떠올랐다. 두 사람은 아무 말도 할 수가 없었다.

김동하가 자신들에게 어떤 행동을 한 것도 아니었고 손찌검을 하거나 폭력적인 행동을 취한 것도 아니었다.

오히려 폭력적인 행동을 취한 것은 자신들이었고 김동하는 그런 자신들의 행동을 그냥 막았을 뿐이었다.

다만 그것 때문에 자신들이 이런 모습으로 변했다는 것이 믿어지지 않았다.

윤수경이 입을 열었다.

"그 남자가 누군지 알아보아야 할 것 같네요."

장수란이 무언가를 생각하는 듯 눈을 질끈 감았다.

단 한 번도 김동하가 자신을 이렇게 만든 원인이라는 것은 생각해보지 않았던 장수란이었다.

하지만 자신과 마찬가지로 윤수경도 김동하와 접촉한 이후 같은 증상을 보인 것이 마음에 걸렸다.

윤수경이 잠시 뭔가를 생각하다가 입을 열었다.

"그건 천천히 알아보면 되겠지만… 그보다 어쩌면 우리 병을 고칠 수 있을지도 모르겠어요."

장수란이 눈을 크게 떴다.

"뭐라고요?"

윤수경이 대답했다.

"이곳으로 장 여사를 만나러 오는 길에 우연히 택시에서 들은 이야기예요."

"택시에서요?"

장수란의 미간이 좁혀졌다.

장수란은 평생 택시를 타본 적이 없는 여인이었다.

어릴 때부터 지금까지 늘 장수란의 옆에는 발이 되어주는 차와 기사가 함께였기 때문이다.

윤수경이 희미하게 웃으면서 입을 열었다.

"지금의 내 모습은 내 차를 운전하는 기사에게도 보여주기 싫었어요. 그 때문에 택시를 타게 되었는데 택시에서 들은 이야기예요."

"뭔데요?"

윤수경이 눈을 깜박이며 장수란을 바라보았다.

"그것도 세영대학병원과 관련이 있더군요."

"네?"

"이상했어요. 지금의 모든 상황이 세영대학병원과 연관이 되어 있다는 것이 말이에요."

윤수경은 자신이 택시를 타고 이곳으로 오면서 택시기사에게 들은 이야기를 천천히 풀어 나갔다.

"저의 남편이 성형외과 의사라는 것은 장 여사도 알 거예요. 하지만 남편도 그런 성형수술이 있다는 것은 모를 거예요. 단지 사람의 외모만 바꾸는 것이 아니라 과거의 모습으로 복원시키는 성형수술은 저 역시 들어본 적이 없어요. 더구나 시간을 거슬러 젊음까지 되돌리는 성형수술이라는 것은 그냥 의학이 아닌 마법과 같은 것이니까 말이에요."

장수란은 윤수경의 이야기를 들으면서 놀란 듯이 눈을 부릅떴다.

"그, 그게 사실인가요?"

장수란의 가슴이 터질 듯이 뛰기 시작했다.

윤수경이 머리를 끄덕였다.

"택시기사의 말을 전부 사실로 믿을 수는 없지만 그래도 한번 알아볼 필요는 있을 것 같아요."

장수란이 급하게 대꾸했다.

"만약 그게 사실이라면 반드시 그 의사를 만나야 해요."

"물론이에요. 다만 진짜 그 택시기사의 말이 사실이라면 텔레비전에서 광고가 나오거나 아니면 은밀하게라도 소문이 나야 하는데 전혀 그런 소문은 없다는 것이 마음에 걸려요."

윤수경의 말이 틀리지 않았다.

젊은시절의 모습으로 복원시키는 성형수술이 있다면 적어도 강남의 유한마담이나 상류층에서라도 은밀하게 소문이 돌아야 정상이었지만 그 어디에도 그런 소문은 들려온 적이 없었다. 젊음을 다시 살 수만 있다면 전 재산을 몽땅 바칠 사람이 지천일 것이다. 하지만 방송이나 광고 그리고 찌라시같은 소문조차 들리지 않고 있다는 것이 마음에 걸렸다. 장수란이 잠시 무언가를 생각하다가 윤수경을 보며 입을 열었다.

"남편에게 세영대학병원의 성형외과에 대해서 알아봐 달라고 부탁해 볼게요."

윤수경이 머리를 끄덕였다.

"나도 남편에게 말해서 과연 그런 성형수술이 있는지 알아볼게요."

두 여자의 눈빛이 깊어지고 있었다. 장수란과 윤수경은 자신들의 사악한 인간성으로 인해서 김동하에게 천형을 회수당했다는 것은 꿈에도 생각하지 못하고 있었다.

다만 자신들이 이렇게 된 이유가 세영대학병원의 한서영과 한서영의 옆에 서 있던 김동하가 관련되어 있다는 것만 인식하고 있었다.

윤수경이 장수란을 보며 입을 열었다.

"일단 세영대학병원의 그 젊은 여자 의사와 남자에 대해서 조사를 해보고 그 성형외과 의사도 동시에 조사를 해볼게요."

장수란이 머리를 끄덕였다.

"저도 도울 것이 있으면 도울게요. 그리고 남편이 알아낸 정보도 윤 여사와 공유하도록 하죠."

윤수경도 머리를 끄덕였다.

"저도 마찬가지예요. 평생을 이런 모습으로 살수는 없으니까요."

두 마녀의 생각이 일치했다.

같은 모습으로 늙어가는 것에 대한 일종의 동지의식 같은 것이 만들어지고 있었다. 윤수경은 장수란도 자신과 마찬가지로 한서영과 김동하가 관련되어 있다는 것을 알아낸 것으로 만족했다. 이것만 알아낸 것으로도 어쩌면 자신의 노화를 고칠 수 있을 것만 같았다.

장수란과 대화를 끝낸 윤수경이 다시 스카프로 얼굴을 감추고 이내 장수란의 저택에서 돌아 나왔다.

하지만 두 마녀는 자신들의 천형이 끝나지 않을 것이라는 것은 꿈에도 생각하지 못했다.

윤수경이 돌아가자 장수란은 이 어둡고 칙칙한 방안에서 나갈 수 있을 것이라는 희망을 품었다.

장수란이 오랜만에 화장대 앞에 앉았다. 자신의 추한 모습을 보기 싫어서 깨어버린 거울은 큰딸이 새로 들여놓았다. 오랜만에 다시 거울을 들여다보며 장수란은 심장이 두근거렸다. 진짜로 자신이 이렇게 된 원인에 한서영의 옆에 있던 김동하가 관련되어 있다면 수단과 방법을 가리지 않고 반드시 처절한 복수를 해줄 것이라고 다짐했다.

조선남자

朝 鮮 男 子

-천능의 주인-

오산(誤算)

“병원에 어떻게 말해야 할지 고민이네 정말.”

한서영이 옆에서 걷고 있는 김동하의 모습을 아래위로 훑으면서 중얼거렸다.

아빠의 부탁으로 김동하가 미국으로 갈 것을 결국 허락할 수밖에 없었던 한서영이다.

김동하 혼자 보낼 수 없기에 자신도 미국으로 가게 되겠지만 근신처분의 징계가 풀릴 날짜가 며칠 남지 않았다는 것이 문제였다.

어쩌면 세영대학병원의 인턴을 그만둘 수도 있었기에 한서영으로서는 고민이 깊어지고 있었다.

김동하가 한서영을 보며 입을 열었다.

“병원에 사실대로 말하면 되지 않을까요?”

한서영이 피식 웃었다.

“사실대로 말한다면 들어줄 것 같아?”

김동하가 빙그레 웃으며 대답했다.

“그게 싫으면 아예 병원에서 사고를 한번 더 치면 어때요? 이번에는 누님이 한 달 정도 근신처분을 받을 만큼 좀 크게 치면 될 텐데요.”

“쿡! 동하도 사람을 웃길 줄 아네?”

김동하가 이를 드러내며 웃었다.

그런 김동하의 모습이 어둠 속에서도 너무나 잘생겼다는 생각이 들었다.

아빠와 엄마를 만나 생맥주와 치킨을 먹고 다시 아파트로 돌아가며, 두 사람은 차를 타는 것보다는 이렇게 나란히 데이트를 하며 돌아가기로 결정했다.

멀지않은 곳이었기에 이런 식의 데이트는 한서영에게도 즐거웠다.

한서영이 김동하를 훑어보며 입을 열었다.

“내일 서류접수하고 나서 신분증 나오면 바로 여권 신청할 건데 그전에 자기 옷을 좀 사 놓아야 할 것 같아.”

김동하가 대답했다.

“저는 지금 이대로도 좋은데요?”

한서영이 웃었다.

"난 동하가 어떤 모습이래도 상관이 없지만 다른 사람이 동하를 낮춰보는 것은 싫어."

한서영은 김동하가 비록 어리지만 자신의 배필이라는 것을 받아들이고 있었다.

그 때문에 다른 사람의 시선에 김동하의 모습이 추레하게 비치는 것이 정말 싫었다.

더구나 오늘 아빠가 불러서 만났던 자리에서 한서영의 눈에 비친 아빠와 엄마의 모습은 너무나 잘 어울렸기에 자신도 김동하를 그렇게 만들어 놓고 싶었다.

한서영이 입을 열었다.

"자기는 키가 크기 때문에 양복도 잘 어울릴 거야. 양복을 몇 벌 사놓아야 할 것 같아."

김동하가 입을 열었다.

"양복이라면……."

"아까 아빠가 입었던 옷 같은 거 말이야. 와이셔츠랑 넥타이도 사야지."

"저는 상관없습니다."

"난 상관있어."

한서영이 김동하의 팔을 꼭 껴안으며 김동하의 얼굴을 올려다보았다.

김동하의 팔짱을 낀 한서영의 긴 머리칼이 밤바람에 부

드럽게 흩날리는 모습은 참으로 아름다웠다.

그런 한서영과 김동하의 모습은 주변을 지나는 사람들의 시선을 끌었다.

특히 하얀색의 원피스를 입은 한서영의 모습은 그야말로 남자라면 누구나 한번쯤은 돌아보게 만들 정도로 매혹적이었다.

주변을 지나는 여자들도 그런 한서영의 모습에 묘한 질투심까지 일으킬 정도였다.

김동하는 한서영이 자신의 팔을 껴안자 잠시 어색한 느낌이었다.

이런 식의 스킨십은 김동하에겐 무척이나 고역스러웠다.

늦여름의 밤거리는 뜨거운 열기 대신 초가을의 시원한 바람이 불었다.

밤 10시 25분.

논현동 학동역 앞 세일빌딩 2층 카페 썸의 안쪽에 3명의 사내가 둘러앉아서 누군가를 기다리고 있었다.

카페의 내부는 약간 어두웠지만 잔잔한 음악이 흘렀고 고소한 커피향이 실내를 채우고 있었다.

10시가 넘은 시간이었지만 테이블에는 몇 쌍의 남녀들이 소곤소곤하며 대화를 나누고 있는 평범한 카페 풍경이

었다.

카페의 입구에서 멀지 않은 테이블에 둘러앉은 세 명의 사내들은 새로 카페에 들어오는 손님들이 이질감을 느낄 정도로 어울리는 모습은 아니었다.

거리가 내려다보이는 창가 쪽에 앉은 사내가 카페 입구 쪽에 등을 지고 앉은 사내를 보며 말했다.

"표정이 그게 뭐냐? 표정 좀 풀어라 서동혁!"

하성관이 서동혁의 얼굴을 보며 살짝 얼굴을 찌푸렸다.

180cm가 넘는 체격에 운동으로 다져진 다부진 근육질의 몸집을 가진 하성관의 왼팔에는 패션용 문신이 마치 사람들에게 자신의 존재를 과시하듯 드러나 있다.

6년째 헬스장에서 몸을 가꿔온 하성관의 몸매는 얇은 면으로 만들어진 티셔츠가 터질 듯이 가슴의 근육이 두드러진 모습이었다.

가슴뿐만 아니라 반팔 티셔츠 밖으로 드러난 그의 팔뚝 역시 웬만한 사람들이 놀랄 정도로 단단한 근육으로 단련되어 있었다.

다만 흠이라면 근육과는 어울리지 않는 패션용 문신이 거슬릴 뿐이었다.

하성관의 말에 서동혁이 입맛을 다시며 얼굴을 들었다.

"알았어."

낮게 말하는 서동혁의 얼굴에 짜증이 어려 있었다.

며칠째 집에도 들어가지 않고 밖으로 떠돌며 친구들과 어울려 술자리에만 어울리는 서동혁이었다.

엄마 윤수경에게서 받은 카드로 인해서 돈 걱정은 하지 않아도 되었기에 매일 밤 친구들을 불러내 술판을 벌렸다.

그럼에도 서동혁의 기분은 나아지지 않았다.

한강수변공원에서 자전거 동호회 친구들의 앞에서 한서영과 김동하에게 엄마와 함께 창피(?)를 당한 서동혁은 그날 이후 집에도 들어가지 않고 밖으로만 떠돌고 있었다.

자전거 동호회 친구들도 임진구를 제외하고는 그날 이후 서동혁에게 연락하는 친구는 단 한 명도 없었다.

한쪽에 앉은 임진구가 서동혁의 눈치를 살폈다.

자전거 동호회 친구들 중 유일하게 서동혁에게 먼저 연락해온 친구가 임진구였다.

당시의 상황을 전부 알고 있는 임진구는 지금 서동혁의 얼굴이 불편한 기색으로 가득한 이유를 알고 있었다.

서동혁이 이를 악물며 중얼거렸다.

"빌어먹을… 아직도 아프네."

서동혁이 힐끗 자신의 사타구니를 내려다보았다.

그날 한서영에게 호되게 걷어차인 후 하초의 급소에서 느껴지는 통증은 여전히 서동혁에게 뻐근한 통증을 안겨주었다.

유일한 자전거 동호회의 친구 임진구가 약간 걱정스런

얼굴로 서동혁을 바라보며 입을 열었다.

"진짜 동혁이 너 얼굴 표정 안 좋아 보인다."

그날 이후 서동혁의 얼굴이 꺼칠하게 보이는 것이 마음에 걸리는 임진구였다.

더구나 예전에는 보이지 않았던 얼굴에 주름까지 보였다.

고작 20대 초반의 나이도 많지 않은 서동혁이 얼굴에 주름이 있다는 것은 며칠 전의 그 황당한 싸움으로 인해 꽤나 심각한 충격을 받았기 때문이라 여겼다.

평소에도 약간 통통한 체구에 좋은 것만 먹고 산 탓인지 얼굴에 기름기가 번들거릴 정도로 개기름이 흐르던 서동혁이다.

그런 서동혁이 나이답지 않게 늙어 보이는 이유가 그 싸움 이후 마음이 불편한 탓이라고 생각한 것이다.

서동혁은 정작 자신이 늙어가고 있다는 것을 아직 눈치채지 못하고 있었다.

서동혁이 임진구를 바라보았다.

"영일이 새끼는 아직도 연락이 안 돼?"

한강변에서 한서영과 김동하의 일로 자신의 엄마 윤수경에게 제일먼저 연락했던 것이 절친이라고 생각해왔던 최영일이었다.

하지만 그날 이후 최영일과는 전혀 연락이 되지 않았기

에 서동혁의 심통은 잔뜩 찌푸려져 있었다.

임진구가 머리를 흔들었다.

"안 돼. 그 자식 잠수 탔나 봐."

"멍청한 자식!"

서동혁이 이를 악물며 다시 얼굴을 찌푸렸다.

임진구가 서동혁을 보며 입을 열었다.

"그나저나 입원한 종일이 형한테 한번 가봐야 하는 거 아냐?"

그날 서동혁을 도와주기 위해서 한강변으로 달려왔던 뉴월드파의 조직원 두 명 중 한 명인 강종일이 손을 크게 다쳐 병원에 입원해 있다는 연락을 받은 터였다.

서동혁이 힐끗 임진구를 쏘아보았다.

"가보긴 뭘 가봐? 멍청하게 자기들이 실수한 것을 가지고 내가 왜 귀찮게 왔다 갔다 해야 해? 그냥 그날 약속했던 돈만 보내준 것으로 그 형들하고는 더 이상 엮이고 싶지 않아."

말을 하는 서동혁의 얼굴에는 불만이 가득했다.

강종일과 박윤태에게 각각 500만원씩 송금을 해주었기에 그것으로 자신의 책임은 끝났다고 생각했다.

이젠 강종일의 손이 부서져 더 이상 이용가치가 없었기에 앞으로는 전혀 마주칠 일도 없을 것이었다.

임진구가 머쓱한 듯 시선을 돌렸다.

서동혁의 성격을 알고 있는 임진구로서는 자신이 쓸데없는 말을 했다고 자책했다.

아마 강종일이 죽었다고 해도 서동혁은 전혀 상관하지 않을 놈이라는 것을 다시 한번 실감하고 있었다.

서동혁이 얼굴을 찌푸리며 중얼거렸다.

"근데 씨팔, 이 자식들은 시간 맞춰 여기로 오라고 했는데 왜 아직도 안 와?"

서동혁이 얼굴을 일그러트리며 카페의 입구로 시선을 던졌다.

오늘밤에도 같이 술을 마실 친구들을 이곳에서 만나기로 약속하고 친구들이 오기를 기다리고 있었다.

친구들 사이에서도 서동혁은 그야말로 호구 중의 호구였다.

서동혁의 엄마 윤수경은 강남의 졸부들 사이에서도 소문이 날 정도로 현금자산은 제일 많을 것이라고 알려졌다.

그 때문에 서동혁이 매일 밤 친구들을 불러 향락파티를 벌인다고 해도 전혀 문제가 될 것은 없었다.

다만 엄청난 돈을 소비하는 서동혁으로 인해 서동혁의 주변에는 늘 같은 부류의 친구들이 떨어지지 않을 뿐이었다.

그때 카페 문이 열리며 한 무리의 남녀들이 카페로 들어섰다.

3명의 남자와 4명의 여자들이었다.

카페입구를 바라보던 하성관이 손을 들었다.

"문종아 여기야."

하성관의 얼굴이 밝아지고 있었다.

하성관의 말에 카페로 들어서던 남녀들이 서동혁과 하성관 그리고 임진구가 앉아 있는 테이블로 다가왔다.

제일 먼저 카페로 들어선 사내가 하얀 이를 드러내며 웃었다.

"미안, 늦었지?"

서동혁의 또 다른 친구인 유문종이었다.

유문종 역시 헬스로 다져진 다부진 체격이었고 하성관처럼 팔에 패션용 문신이 새겨진 모습이었다.

서동혁이 이마를 찌푸렸다.

"약속을 했으면 시간은 지켜야 하잖아? 인마!"

서동혁의 말에 유문종이 머리를 긁었다.

"미안하다. 가시내 한 명이 좀 늦어서 기다리느라 그랬어."

가시내라는 말에 서동혁이 이마를 찌푸리며 카페로 들어선 일행들 중 여자 쪽을 힐끗 보았다.

짧은 바지에 다리가 훤하게 드러난 여자들이 쑥스러운 얼굴로 서동혁과 일행들을 바라보았다.

서동혁이 재빠르게 여자들의 얼굴을 훑으며 여자들을 관

찰했다.

여자들의 얼굴을 확인한 서동혁이 유문종을 보며 물었다.

"뭘 하는 애들이야?"

유문종이 대답했다.

"응! 종태 애인 친구들이야. 오늘밤 카페에서 신나게 놀거라니까 따라온 거야."

"그래?"

서동혁이 마음에 든다는 듯이 만족한 표정을 지었다.

그때 서동혁의 옆으로 한 사내가 다가왔다.

"야! 내 애인 수연이 친구들이야. 오늘밤 같이 놀자고 하니까 좋다고 하던데 어때?"

서동혁의 또 다른 친구 최종태였다.

서동혁이 웃었다.

"넌 엊그제 연희랑 헤어졌잖아. 근데 언제 또 애인을 만들었냐?"

친구 최종태에겐 엊그제 싸우고 헤어진 김연희라는 여자가 있다는 것을 알고 있었다.

하지만 지금은 또 다른 얼굴이었기에 서동혁으로서도 놀랄 일이었다.

최종태의 옆에 서 있던 오늘 저녁 술자리에 불러낸 또 다른 친구 김상열이 서동혁을 보며 웃었다.

"마침 오늘 저녁에 종태가 지 애인 만난다고 해서 같이 가 보았는데 애인 친구들이랑 함께 나왔더라. 그래서 내가 종태한테 여기로 데려가자고 한 거야 동혁아."

서동혁이 피식 웃었다.

서동혁이 김상열을 향해 손가락 한 개를 들어 자신에게 다가오라는 듯이 까닥였다.

김상열이 서동혁의 곁으로 바짝 다가왔다.

서동혁이 김상열의 귓전에 대고 낮게 물었다.

"그것 가져왔어?"

서동혁의 말에 김상열이 하얀 이를 드러내며 자신의 가슴 쪽을 툭 건드렸다.

"충분하게 가져왔어. 걱정하지 마."

김상열의 대답을 들은 서동혁이 웃었다.

"잘했어."

서동혁의 표정이 풀어지고 있었다.

서동혁이 친구 김상열에게 물은 것은 로히프놀(Rohypnol)이라는 마약이었다.

마취제와 비슷한 효능을 가진 이것은 일명 데이트약물로써 불면증 수면제로 사용하기도 하는 마약이었다.

로히프놀은 술에 희석할 경우 푸른색의 용액으로 변해 천천히 용해되는데, 강력한 효과와 단기기억상실을 유발한다.

또한 복용한 뒤에 신체에서 배출이 되는 것이 빠르며 일정시간이 지나면 몸에서 검출이 되지 않는다.

그 때문에 성범죄에 이용되며 되는 마약이었다.

서동혁이 다시 물었다.

"로히프놀뿐이야?"

김상열이 머리를 흔들었다.

"아니. 뽕도 있어."

뽕은 히로뽕을 말하는 것이다.

로히프놀과는 달리 정신을 잃지 않고 환각상태를 유지하며 전신의 신경을 민감하게 만드는 마약이었다.

중독성이 강해서 한번 길들여지면 빠져 나오기 힘들 정도로 재 섭취의 유혹이 강한 마약이었다.

서동혁이 혼자서 중얼거렸다.

"나쁘진 않네."

서동혁은 최종태 애인의 친구들이라는 여자들이 마음에 든 것인지 거절하지 않았다.

더구나 마약까지 준비해 놓았기에 오늘밤의 파티가 무척 즐거울 것이라고 생각했다.

여자 한 명이 서동혁의 앞으로 다가와 인사를 했다.

"안녕하세요. 종태 오빠에게 말씀은 많이 들었어요. 전 장수연이라고 해요. 동혁 오빠!"

긴 생머리가 어울리는 어려보이는 여자였다.

서동혁이 머리를 끄덕였다.

"그래. 잘 왔어요. 저기 앉아요."

서동혁이 자신의 테이블 옆의 비워진 테이블을 손으로 가리켰다.

장수연이 생긋 웃으며 일행인 여자들을 데리고 서동혁이 가리킨 테이블에 자리를 잡고 앉았다.

그때였다.

"야! 동혁아, 저기 좀 봐."

임진구가 놀란 얼굴로 카페의 창밖을 가리켰다.

서동혁의 눈이 좁혀졌다.

"뭔데?"

서동혁이 앉은 자리에서는 카페의 창밖 아래쪽이 보이지 않았다.

임진구가 굳은 얼굴로 서동혁을 바라보았다.

"한강에서 본 그녀이야."

"뭐?"

임진구의 말에 서동혁의 얼굴이 돌처럼 굳어졌다.

서동혁이 재빨리 자리에서 일어나 임진구의 옆으로 다가갔다.

눈빛은 서늘해지고 있었다.

임진구가 가리킨 곳은 학동역 앞 지하계단을 내려가는 방향이었다.

서동혁의 눈에 두 명의 남녀가 들어왔다.

하얀 원피스차림에 흰색의 샌들구두를 신은 늘씬한 여인과 여인이 팔을 껴안고 있는 건장한 남자였다.

하성관과 뒤늦게 도착한 서동혁의 친구들도 갑작스런 임진구의 말에 전부 창밖으로 시선을 던졌다.

최종태의 애인의 친구들이라고 한 여자들도 갑작스런 상황에 일제히 창밖으로 시선을 던지고 있었다.

하성관이 물었다.

"뭔데?"

임진구가 굳은 표정으로 대답했다.

"저기 흰 옷 입은 여자 보이니?"

"응!"

"저게 며칠 전 동혁이랑 싸운 년이야."

"뭐?"

임진구의 말에 서동혁의 친구들 모두가 놀란 얼굴로 다시 한번 창밖에서 스쳐가고 있는 흰 원피스를 입은 여자를 바라보았다.

임진구가 발견한 여자는 김동하와 오붓한 데이트를 즐기며 귀가하고 있는 한서영이었다.

한서영이 김동하의 팔을 꼭 안고 있는 모습이 무척이나 다정한 연인들로 보였다.

하성관이 굳은 얼굴로 한서영을 살피다가 중얼거렸다.

"와~ 시발, 장난 아니게 예쁘네."

최종태도 중얼거렸다.

"저거 연예인이야? 뭔데 저렇게 예쁘게 생겼어?"

카페의 창가에서 한서영의 얼굴을 확인한 최종태의 애인 친구들도 작게 속삭였다.

"저거 화장빨이야."

"그래도 질투 나. 뭐가 저렇게 예쁘게 생긴 거야?"

여자들의 눈에도 한서영이 참으로 예쁘고 아름답게 보이는 것은 사실이었다.

하성관이 임진구를 보며 물었다.

"저 여자 뭐하는 여자야?"

임진구가 힐끗 서동혁을 바라보다 입을 열었다.

"의사래."

"뭐?"

한서영이 의사라는 말에 하성관과 최종태 그리고 김상열까지 놀란 눈으로 다시금 한서영의 얼굴을 확인했다.

최종태의 애인인 장수연과 그녀의 친구들도 놀란 얼굴로 다시 한서영을 바라보았다.

한서영은 김동하의 팔을 잡고 너무나 다정한 모습으로 카페를 지나가고 있었다.

그 모습을 본 서동혁이 이를 악물었다.

"야! 진구야."

서동혁의 부름에 임진구가 머리를 돌렸다.

서동혁의 눈이 번득이고 있었다.

임진구가 물었다.

"왜?"

서동혁이 이를 악물면서 입을 열었다.

"너 내려가서 저년하고 저 남자새끼 '람세스'로 초대해."

람세스는 오늘밤 서동혁이 파티를 예약해 놓은 곳이었다.

아예 술집 전체를 전부 예약해 놓았기에 람세스에는 서동혁의 일행밖에 없을 것이었다.

임진구가 놀란 얼굴로 서동혁을 바라보았다.

"뭐?"

"싸우려는 것이 아니라고 말하고 정중하게 초대하란 말이야. 멍청아!"

임진구의 눈이 깜박였다.

그때였다.

하성관이 벌떡 자리에서 일어섰다.

"야! 내가 갈게."

하성관의 눈이 번득이고 있었다.

하성관으로서는 한서영과 같은 아름다운 여자는 그야말로 처음이었다.

그저 창밖으로 지나가는 것을 보기만 했을 뿐이었지만

하성관은 처음으로 자신의 가슴이 떨리는 것을 느낄 정도였다.

여자를 보고 이런 식의 설렘을 느끼는 것은 하성관으로서는 그야말로 초유의 일이었다.

서동혁이 고개를 끄덕였다.

"좋아. 성관이 네가 가봐. 성질이 더럽고 사나운 년이니까 싸우지 말고 살살 구슬려서 데려와야 할 거야."

하성관이 이를 드러내고 웃었다.

"문제없어. 내가 알아서 데려갈 테니까 너희들은 먼저 람세스로 가 있어."

서동혁이 머리를 끄덕였다.

"일단 데려오기만 해. 데려오면 오늘밤 아방궁이 뭔지 확실하게 보여줄 테니까."

서동혁의 말에 사내들의 표정이 환해졌다.

그들은 서동혁이 말한 아방궁이 뭔지 잘 알고 있었기 때문이었다.

더구나 마약까지 있으니 오늘밤은 그야말로 최고로 신나는 파티가 될 것임이 분명했다.

그때 최종태의 애인인 장수연이 이마를 찌푸렸다.

"오빠! 저 여자도 데려오는 거야?"

최종태가 머리를 돌려 장수연을 바라보았다.

"그럴 거야."

장수연이 이마를 찌푸렸다.

"그냥 안 데려오면 안 돼?"

장수연의 말에 최종태가 눈살을 찌푸렸다.

"왜? 저 여자는 내가 아니라 동혁이가 아는 사람이야. 네가 상관할 일이 아니잖아."

"그래도……."

장수연은 만약 한서영과 같은 여자가 오늘밤 서동혁이 만든 파티에 참석할 경우 자신과 친구들이 비교가 될 것 같다는 생각에 거부감이 들었다.

한서영과 같은 미모의 여인이라면 한 공간에 같이 있는 것만으로도 자연스럽게 비교가 될 것이었다.

하지만 한서영을 데려오라고 한 것이 최종태가 아니라 서동혁이었기에 불만은 있었지만 어쩔 수 없었다.

그 사실에 기분이 조금 언짢아졌다.

하성관이 허겁지겁 카페를 빠져나갔다.

"사람들이 누님을 훔쳐보는 게 불편한데요."

김동하는 자신과 한서영이 거리를 걷고 있는 것을 사람들이 바라보는 것이 어색하고 불편한 느낌이었다.

모두가 한서영의 아름다운 모습에 놀라서 돌아보는 것이 익숙해지지 않는 것이다.

한서영은 전혀 상관이 없다는 표정이었다.

학창시절부터 수없이 많은 경험을 겪었기에 사람들의 시선 따위에 불편해 하는 것은 면역이 되었다.

한서영이 고르고 하얀 치아를 드러내며 웃었다.

"난 전혀 상관이 없는데 자기는 불편한가봐? 호호."

"끙~"

자신의 팔을 껴안고 있는 한서영의 불룩한 가슴의 촉감마저 김동하에게는 어색하고 불편했다.

그렇다고 한서영에게서 팔을 빼내고 싶은 생각은 들지 않았다.

하지만 시간이 흐를수록 김동하는 이 미묘한 감각이 자신의 집중력을 흔들고 있다는 것에 어색함을 느끼고 있었다.

김동하와 집으로 돌아가면서 즐기는 밤거리의 데이트는 한서영에게는 무척이나 즐겁고 신났다.

천진하게 김동하의 팔을 껴안고 웃는 한서영의 모습은 또래의 남자들에게 묘한 상실감과 질투심을 불러일으킬 정도였다.

한서영과 김동하가 학동역을 지나 사거리 앞에 멈추었다.

붉은 신호였기에 파란 신호를 기다리는 횡단보도의 앞이었다.

"잠시 실례 좀 하겠습니다."

김동하와 한서영의 뒤에서 묵직한 남자의 목소리가 들려왔다.

김동하와 한서영이 머리를 돌렸다.

머리를 돌리는 순간 한서영의 얼굴에 살짝 놀라는 표정이 떠올랐다.

다만 김동하는 무척이나 담담한 얼굴이었다.

한서영과 김동하의 뒤쪽에 서 있는 사내는 한서영도 놀랄 정도로 덩치가 큰 거구의 사내였다.

키는 김동하와 비슷해 보였지만 상체의 덩치는 김동하가 왜소하게 보일 정도로 우람했다.

사내가 입고 있는 티셔츠가 터질 정도로 몸매는 단단한 근육으로 둘러져 있었다.

그 때문에 한서영이 자신도 모르게 위압감을 느껴 김동하의 팔을 꽉 잡았다.

김동하가 사내를 보며 물었다.

"무슨 일입니까?"

사내가 김동하를 잠시 바라보다가 한서영에게 시선을 던지며 입을 열었다.

"동혁이가 두 분을 잠시 초대했는데 같이 가주시겠습니까?"

사내는 임진구 대신 한서영과 김동하를 서동혁에게 데려가기 위해 카페를 빠져나온 하성관이었다.

하성관의 체격은 프로보디빌더처럼 우람한 근육으로 가득했기에 주변을 지나는 사람들에게 위압감을 안겨줄 정도였다.

한서영이 눈을 껌벅였다.

"동혁이라니요?"

한서영은 서동혁의 이름조차 기억에 없었다.

김동하의 미간이 좁혀졌다.

하성관에게서 불쾌하게 끈적이는 기운이 읽혀졌기 때문이다.

또한 그것이 자신의 아내가 될 한서영에게 향하고 있다는 것이 느껴지자 하성관을 보는 눈빛이 달라졌다.

한서영이 다시 물었다.

"동혁이라는 사람이 누군데 우리를 초대한다는 거죠?"

하성관의 미간이 좁혀졌다.

한서영과 김동하가 서동혁을 이미 알고 있다고 생각한 하성관이었기에 두 사람을 람세스로 데려가는 것이 어렵지 않을 것이라고 생각하고 있었다.

그렇지만 상황이 이상하게 바뀌는 것에 당황했다.

하성관이 약간 굳은 표정으로 다시 물었다.

"서동혁을 알지 못합니까? 동혁이는 두 분을 알고 있던데……."

그때였다.

횡단보도의 불빛이 바뀌자 한서영이 김동하의 팔을 잡고 끌었다.

"그냥 가."

한서영이 김동하와 함께 횡단보도를 건너려 하자 하성관이 약간 당황했다.

"자, 잠시만요."

하성관이 당황한 나머지 한서영의 팔을 잡았다.

그로서는 김동하야 가든지 말든지 한서영만 데리고 람세스로 향하면 되는 것이었기에 자신도 모르게 한서영의 가냘픈 팔을 잡아챈 것이다.

한서영의 이마가 찌푸려졌다.

"어멋!"

한서영은 우람한 체격의 하성관이 자신의 팔을 잡자 놀란 얼굴로 하성관을 바라보았다.

하성관이 약간 굳은 얼굴로 한서영을 보며 입을 열었다.

"동혁이가 두 분을 초대했는데 거절하시면 제가 좀 곤란합니다. 잠시만 시간을 좀 내어주시면 안 될까요?"

한서영이 이마를 찌푸렸다.

"도대체 동혁이라는 사람이 누구예요? 우린 모르는 사람이에요."

하성관이 눈을 껌벅이다가 입을 열었다.

"진구 말로는 그쪽이 동혁이랑 싸웠다고 하던데… 정말

동혁이를 모릅니까?"

그때 김동하가 한서영의 팔목을 잡고 있는 하성관의 팔을 잡으며 입을 열었다.

"저의 아내가 불편해 하니까 이 손은 놓고 말씀하시지요."

김동하가 하성관의 팔목을 잡고 살짝 힘을 주자 하성관은 자신도 모르게 한서영의 팔목을 놓아버렸다.

하성관은 김동하가 어떻게 한서영의 손목을 잡고 있는 자신의 손을 놓게 만들었는지 몰랐다.

다만 김동하가 한서영을 자신의 아내라고 부른 것에 놀란 듯 김동하를 바라보았다.

잘생긴 얼굴이지만 어려보이는 김동하가 너무나 아름다운 한서영의 남편이라는 것에 충격을 받은 것이다.

하지만 그것은 이내 상관이 없다고 생각했다.

한서영은 하성관이 자신의 손목을 놓자 눈을 깜박였다.

자신과 싸운 사내의 이름이 동혁이라는 말에 무언가를 머릿속에서 떠올렸다.

"혹시 며칠 전 한강변에서 자전거 때문에 우리랑 싸운 사람을 말하는 건가요?"

하성관은 서동혁이 자전거 동호회를 만들어 친구들이랑 한강변에서 가끔 라이딩을 한다는 것은 알고 있었다.

자신은 자전거를 타기에는 어울리지 않았고 자신이 탈

만한 자전거도 없었기에 아예 헬스만 즐기는 것뿐이었다.

하성관은 한서영이 이내 서동혁을 기억하는 것을 알아채며 이를 드러내고 웃었다.

"예! 그쪽과 싸운 사람이 바로 서동혁이지요. 그 친구가 정중하게 두 분을 초대했습니다. 꼭 같이 가 주셨으면 좋겠습니다."

하성관은 가능하면 최대한 정중하게 한서영을 람세스로 데려가고 싶은 마음이었다.

한서영의 눈이 찌푸려졌다.

"그 사람이 왜 우릴 초대한다는 거예요? 또 싸우고 싶다고 하던가요?"

한서영은 그날 한강변에서 자신에게 욕을 하고 손찌검까지 하려고 했던 서동혁을 머릿속에서 떠올렸다.

비열해 보이는 얼굴에 여자에게 손찌검을 하면서도 전혀 거북함을 느끼지 못하던 못난 사내가 바로 서동혁이었다.

그때 김동하가 끼어들었다.

"그 사람이 왜 우리를 초대한 것입니까?"

하성관이 싱긋 웃으면서 김동하를 바라보았다.

"뭐 두 분과 다시 싸우고 싶은 것이 아니라 정중하게 화해를 하고 싶어서 그런 것 같았습니다. 저에게 두 분을 정중하게 모셔오라고 했으니 말입니다."

한서영의 이마에 주름이 만들어졌다.

"화해를 하기 위해서 우릴 초대했다고요?"
하성관이 대답했다.
"그런 것 같습니다. 더구나 지금 동혁이는 전혀 두 분과 싸울 마음이 없다는 것은 분명합니다."
한서영이 김동하를 바라보았다.
김동하의 표정은 담담했다.
한서영이 김동하를 보며 물었다.
"어쩔 거야?"
김동하가 대답했다.
"아무래도 다시 한번 만나보아야 할 것 같습니다."
김동하의 목소리가 차갑게 가라앉아 있었기에 한서영이 약간 놀라는 표정으로 김동하를 바라보았다.
김동하의 이런 표정과 말투는 예전에 황실옥에서 뉴월드파의 양재득 일당들과 대면했을 때 흘러나오던 느낌과 비슷하다는 것을 직감한 한서영이었다.
한서영이 물었다.
"괜찮겠어?"
김동하가 자신의 팔을 잡고 있는 한서영의 손을 꼭 쥐었다.
"이 사람의 몸에서 좋지 않은 기운이 스며 있습니다. 아무래도 그 사람을 한번 더 만나보아야 할 것 같습니다."
김동하는 하성관의 몸에서 사람의 몸을 해롭게 만드는

마약의 기운을 감지한 것이다.

그리고 그것이 서종혁과 연관되어 있음을 직감했다.

김동하의 말에 한서영의 표정이 굳어졌다.

“그래?”

한서영의 눈이 살짝 커졌다.

김동하의 능력을 누구보다 잘 알고 있는 한서영이었다.

그런 김동하가 서동혁을 다시 만나기를 결정한 것은 서동혁에게는 결코 유쾌하지 않은 일이 될 것임을 직감하고 있었다.

하성관은 김동하가 자신의 몸에 좋지 않은 기운이 스며 있다는 말에 기분이 틀어졌다.

‘이 멍청한 어린놈이 감히 뭐라고 지껄이는 거야? 시발 성질 같아서는 한 대 쥐어박고 계집년만 끌고 갔으면 좋겠는데.’

내심으로 중얼거린 하성관의 미간이 좁혀졌다.

“방금 뭐라고 하신 겁니까?”

김동하가 질문을 던졌다 이내 아무 말도 하지 않고 머리를 끄덕였다.

“그 사람을 만나도록 하지요. 우리를 어디로 초대한 것입니까?”

서동혁을 만나겠다고 하자 하성관의 눈이 반짝였다.

“아! 동혁이를 만나겠습니까?”

한서영이 대답했다.

"좋아요. 그 사람을 만나보죠. 이번에는 또 무슨 수작을 부릴지 궁금하네요."

한서영의 대답을 들은 하성관의 심장이 두근거리기 시작했다.

그가 지금까지 살아온 세월동안 눈앞에 서있는 한서영처럼 자신의 가슴을 두근거리게 만든 여자는 단연코 단 한 명도 없었다.

어쩌면 오늘밤 한서영을 품을 수 있는 기회가 생기는 것을 그는 절대로 놓치고 싶지 않았다.

하성관의 머릿속에 마약에 취해 자신의 품에 안겨 있는 한서영의 아름다운 모습이 환상처럼 그려졌다.

옆에 김동하가 있었지만 김동하는 그에겐 안중에도 없었다.

그냥 완력으로 거꾸러지게 만들어 놓으면 입도 벙긋하지 못할 정도로 자빠질 것이라고 확신하고 있었다.

더구나 신고도 할 수가 없을 것이다.

마약에 취해 밤새 환각상태에 있었다는 것을 알려주면 김동하나 한서영도 자신들이 불리하다는 것을 알 것이기 때문이었다.

하성관은 금방이라도 아름다운 한서영을 품을 수 있을 것이라는 기대감에 가슴이 두근거리고 있었다.

“제가 안내하겠습니다.”

하성관이 정중한 얼굴로 살짝 머리를 숙이고 돌아섰다.

하성관이 안내하자 김동하와 한서영이 하성관의 뒤를 따라 그가 안내하는 곳으로 걸음을 옮겼다.

하성관은 몇 번이나 뒤돌아보면서 김동하와 한서영이 자신을 따라오고 있는 것인지 확인하면서 람세스로 향했다.

“야! 정말 성관이가 데려올까?”

최종태가 붉은색의 소파에 등을 기대고 앉은 서동혁을 바라보며 근심스런 얼굴로 물었다.

서동혁이 대답했다.

“성관이라면 억지로라도 끌고 올 거야. 머리가 모자란 대신 힘만큼은 황소 같은 놈이니까.”

서동혁은 하성관이 반드시 김동하와 한서영을 데려 올 것이라고 확신했다.

자전거 동호회의 친구들과는 다른 가진 게 힘밖에 없는 친구가 바로 하성관이었다.

하성관을 비롯해서 최종태나 유문종, 김상열 같은 친구들이 며칠 전에 자신의 곁에 있었다면 자신이 그렇게 쉽게 당하지 않았을 것이라고 확신할 정도로 힘 하나만큼은 누구라도 인정하는 하성관이었다.

최종태가 입맛을 다시며 힐끗 애인인 장수연과 장수연의

친구들을 바라보았다.

그녀들의 앞에는 이미 술잔들이 놓여 있었고 술잔에는 예쁘게 보이는 색깔의 칵테일들이 채워져 있었다.

홀의 옆쪽 바에서는 나비넥타이를 맨 바텐더가 칵테일을 쉐이킹하는 병을 들고 흔드는 모습이 보였다.

람세스로 들어선 서동혁이 최종태의 애인과 여자들에게 칵테일을 먼저 만들어 주라는 지시를 내려두었기에 쉬지 않고 칵테일을 만드는 중이었다.

천정에 매달린 반짝이는 조명이 켜진 람세스는 조금 전까지 서동혁의 일행들이 앉아 있던 학동역 앞 카페 썸에서 멀지 않은 곳에 위치한 지하주점이었다.

람세스에서도 서동혁은 VIP 중에서도 초특급 VIP고객이었다.

주점을 통째로 빌리는 것도 예사였고, 친구들이랑 파티를 할 때는 최고급 양주에 안주도 최상급만 주문했다.

시중을 드는 여급이나 웨이터들에게 주는 팁도 짜지 않고 넉넉했고 가끔은 은행에서 갓 찾아온 빳빳한 5만 원 권 지폐를 수십 장이나 카페에 뿌렸다.

람세스로서는 방문할 때면 사장이 나와서 엎드려 절을 해서 맞아야 할 중요한 고객이었다.

오늘도 람세스는 서동혁이 전부 매상을 책임지는 것으로 주점전체를 임대했다.

밤새 이곳에서 파티를 하기로 한 것이다.

홀의 홈바를 책임진 바텐더와는 다르게 람세스의 웨이터들이 돌아가면서 테이블에 음식과 술을 세팅 해놓고 있었다.

최종태가 데려온 애인 장수연과 장수연의 친구들은 람세스의 화려한 분위기에 놀란 것인지 칵테일을 마시면서 연신 두리번거렸다.

이런 주점을 오늘밤 파티를 위해서 통째로 빌릴 정도의 재력을 가진 서동혁의 배포에 모두가 놀라는 표정이었다.

임진구와 김상열은 웨이터가 테이블에 올려놓은 양주병을 들고 상표를 살피다가 여자들의 눈치를 보며 홀 옆의 방으로 들어갔다가 잠시 후 돌아와 다시 양주병을 테이블 위에 올려놓았다.

람세스의 홀은 술을 마시면서 춤을 추며 파티를 즐길 수 있도록 가운데에는 넓은 플로워가 만들어진 곳이었다.

홀의 옆으로는 모두 4개의 넓은 방이 있었고 방 안에는 홀처럼 푹신한 소파와 테이블이 모두 갖춰져 있었다.

람세스 홀의 상석에 앉아 입구 쪽을 바라보며 등을 기대고 앉은 서동혁의 눈이 번들거렸다.

서동혁이 머리를 돌려 김상열을 바라보았다.

"어떤 거야?"

김상열이 하얀 이를 보이면서 웃었다.

"병뚜껑에 표시해 놓았어."

"그래?"

서동혁이 자신의 앞에 놓인 술병을 바라보았다.

술병의 뚜껑에 흰색의 스티커가 붙어 있는 것이 서동혁의 눈에 들어왔다.

스티커에는 검은 글씨로 P와 R이 작게 적혀 있었다.

P가 2개 R이 1개였다.

P는 히로뽕을 의미하고 R은 로히프놀을 의미하는 것임을 단번에 알아차린 서동혁이었다.

서동혁이 머리를 끄덕이며 다시 김상열을 바라보았다.

"약은 아직 남아 있지?"

김상열이 싱긋 웃으면서 손가락을 들어올렸다.

엄지와 검지를 접은 그의 오른손이 들려졌다.

OK라는 뜻이었다.

서동혁이 잠시 눈을 깜박이다가 최종태를 바라보았다.

"나중에 이것 중 로히프놀 하나를 저 애들한테 가져다줘. 이것 먹이고 쟤들 모두 재워."

최종태가 웃었다.

"성관이가 그 여자를 데려오면 그럴게."

서동혁이 피식 웃었다.

"그년을 아예 여기 한가운데서 알몸으로 춤추게 만들어 놓을 거야."

히로뽕에 취하면 온몸의 말초감각이 극한까지 끓어오르

게 된다는 것을 서동혁은 이미 알고 있었다.

하성관이 한서영을 데려오면 한서영에게 히로뽕을 먹여서 밤새 가지고 놀 생각인 서동혁이었다.

최종태가 자신의 애인인 장수연을 힐끗 살펴본 후에 서동혁에게 가까이 머리를 숙였다.

"야! 너 다음엔 그년 가지고 노는 건 나야."

서동혁이 웃었다.

"맘대로 해 병신아!"

최종태는 이미 히로뽕과 같은 마약을 한 여자가 어떻게 노는지 너무나 잘 알고 있었다.

천하의 요조숙녀라고 하더라도 마약에 취하게 되면 온몸이 끓어오르는 그야말로 최고의 요부가 된다는 것을 너무나 잘 알고 있는 최종태였다.

그때였다.

람세스의 입구 쪽으로 두 사람이 들어서고 두 사람의 뒤로 거구의 남자가 들어서는 것이 보였다.

"어서 오십시오."

람세스의 홀 입구에서 서빙을 하기 위해 대기 중이던 웨이터들이 급하게 허리를 숙였다.

서동혁의 얼굴이 굳어졌다.

자신이 죽을 때까지 절대로 잊을 수 없는 한서영과 김동하의 얼굴이 보였다.

서동혁이 천천히 일어섰다.

다른 사내들도 마찬가지였다.

서동혁이 람세스의 입구에 서 있는 한서영과 김동하의 앞으로 천천히 걸어 나왔다.

서동혁의 시선이 한서영의 얼굴에 고정되어 있었다.

한서영과 김동하는 난생 처음으로 구경하는 지하주점 람세스의 모습에 약간 경직되어 있었다.

한서영으로선 같은 서울 하늘 아래 이런 형식의 술집이 있다는 것을 처음으로 경험하는 일이었다.

서동혁이 한서영의 앞에서면서 입을 열었다.

"며칠 전의 일을 정식으로 사과하고 싶었습니다."

한서영의 얼굴이 굳어졌다.

예상하지 못한 태도에 약간 놀란 듯 한서영의 눈이 커져 있었다.

한서영의 곁에 서 있는 김동하가 담담한 시선으로 서동혁의 얼굴을 살펴보았다.

서동혁의 심부름으로 자신과 한서영을 이곳으로 초대한 하성관에게서 느껴지던 그 불쾌하고 끈적이는 느낌이 서동혁에게서 더욱 강하게 느껴지고 있었다.

한서영이 물었다.

"사과를 하기 위해서 우릴 여기로 초대했다는 의미인가요?"

서동혁이 대답했다.

"그렇습니다."

한서영이 머리를 끄덕였다.

"사과를 하겠다니 그럼 사과를 받아들이죠. 이것으로 더 이상 그쪽과는 연관될 일이 없었으면 좋겠군요."

한서영이 머리를 돌려 김동하를 바라보았다.

"됐어. 이젠 돌아가자."

한서영이 서동혁의 사과만 받고 돌아가려 하자 서동혁이 빠르게 입을 열었다.

"그날의 일은 제가 충분히 잘못한 것이고 두 분께 드리는 사과도 제대로 형식을 갖추기 위해서 이곳까지 빌렸습니다. 이왕에 여기까지 모셔왔으니 두 분께서 제가 드리는 화해주라도 한잔 받으시고 돌아가시면 안 되겠습니까?"

말을 마친 서동혁이 최종태를 보며 입을 열었다.

"뭐해? 화해주 마실 자리 좀 준비해줘."

최종태가 당황한 얼굴로 머리를 끄덕였다.

"아, 알았어."

한쪽 테이블에 앉아서 칵테일을 마시던 최종태의 애인 장수연과 그녀의 친구들이 굳은 얼굴로 한서영과 김동하를 바라보았다.

한서영이 머리를 흔들었다.

"아니에요. 사과는 그것으로 충분한 것 같으니 이만 돌아갈게요. 그리고 우리는 술을 잘 못 마셔요."

한서영이 술을 마시지 못하는 것은 거짓이었다.

다만 이런 곳에서 단 한 번도 술을 마셔본 적이 없던 데다 이곳이 부담스럽고 낯설기에 전혀 술을 마실 생각이 없었다.

한서영과 김동하의 뒤에 서 있던 하성관이 입을 열었다.

"두 분께서 동혁이가 준비한 성의를 봐서라도 한 잔쯤 마시고 돌아가시는 것이 좋지 않을까요?"

한서영이 머리를 흔들었다.

"전 술을 마시지 못한다고 했어요. 그리고 사과는 이미 받아들였으니 그것으로 우린 충분해요."

한서영의 단호한 대답에 서동혁이 이를 악물었다.

서동혁의 얼굴을 살피던 하성관이 한서영과 김동하의 등을 홀의 안쪽으로 슬쩍 밀었다.

"그냥 한잔만 하시고 가시라니까 그러시네. 화해주라고 하지 않습니까?"

지금까지의 정중한 모습으로 이곳으로 안내하던 하성관과는 전혀 다른 우악스런 태도였다.

"어멋!"

한서영이 하성관의 우악스런 힘에 앞으로 밀리자 김동하가 재빨리 한서영의 팔을 잡았다.

한서영의 손을 잡은 김동하가 하성관을 바라보았다.

김동하의 입에서 담담한 목소리가 흘러나왔다.

"한 번만 더 제 아내에게 함부로 대하면 그때는 후회하게 될 겁니다."

김동하의 말에 하성관이 잠시 멍한 표정으로 김동하를 바라보다가 입을 벌리고 웃었다.

"하하 정말 어이가 없네. 지금까지 동혁이가 정중하게 모셔오라고 해서 내가 억지로 참고 정중하게 대했다는 걸 모르시는군 그래."

하성관은 자신의 완력이라면 단번에 김동하쯤은 이 자리에서 기절시킬 수 있다고 확신하고 있었다.

키는 자신과 비슷했지만 체격은 자신의 반 정도밖에 되지 않는 김동하가 자신에게 도발하는 것이 가소로웠다.

서동혁이 입을 열었다.

"서로 또다시 문제를 만들지 맙시다. 나도 사과를 하기 위해서 정중하게 두 사람을 초대했으니 그냥 간단하게 화해주 한잔하고 돌아가시면 안 되겠습니까?"

한서영이 대답했다.

"난 그쪽과 마주앉아 술을 마실 생각 전혀 없어요. 그리고 분명하게 사과를 받아들인다고 했으니 그것으로 충분한 것이 아닌가요?"

서동혁은 사과를 빌미로 한서영에게 마약을 탄 술을 먹일 생각이었지만 한서영은 전혀 자신이 주는 술을 마실 생각이 없다는 것을 알았다.

서동혁이 잠시 한서영을 바라보았다.

한서영의 아름다운 두 눈이 자신의 얼굴을 마치 노려보듯 바라보았다.

서동혁의 입에서 나직한 한숨이 흘러나왔다.

"휴~ 거참 진짜 깐깐하게 구시네. 술 한잔만 하고 가라는 내 말뜻을 이해를 못 하시나?"

서동혁의 말이 끝나는 순간 한서영이 입을 열었다.

"이해를 못 하는 건 그쪽인 것 같은데. 그리고 이런 식의 사과라면 정말 진정성이 있는 사과인지도 의심되고."

이제는 한서영의 얼굴이 딱딱하게 굳었다.

술을 마시지 않겠다는 자신에게 너무나 술을 강요하는 것이 수상하다는 생각이 들었다.

서동혁이 한숨을 불어냈다.

"후우~ 어쩔 수 없네요."

낮게 중얼거린 서동혁이 머리를 돌려 김상열을 바라보았다.

"야! 상열아, 그냥 여기서 한잔 할 테니 술 한잔 가져와라."

서동혁의 말에 상기된 얼굴로 한서영을 바라보고 있던 김상열이 급하게 머리를 끄덕였다.

"으응."

김상열이 빠르게 조금 전 서동혁이 앉아 있던 테이블로 뛰듯이 걸어갔다.

김상열의 눈이 반짝이고 있었다. 그의 눈에 'P'라는 글자가 쓰인 흰색의 스티커가 붙은 술병이 들어왔다.

김상열이 재빨리 병뚜껑을 열고 투명한 잔에 술을 따랐다. 상당한 양의 히로뽕을 섞어놓았기에 한 잔만 마셔도 단번에 약에 중독될 수 있다.

다른 잔에는 약을 타지 않은 술을 따라서 두 잔을 가지고 빠르게 서동혁에게 돌아갔다.

서동혁이 김상열에게서 술잔을 받았다.

김상열의 눈짓으로 어떤 잔이 마약을 탄 잔인지 재빨리 눈치챈 서동혁이 한서영에게 술잔을 내 밀었다.

"나랑 마주앉아 술을 마시지 않을 생각이면 여기서 그냥 한잔 하고 헤어집시다."

한서영이 서동혁이 내미는 술잔을 바라보았다.

한서영이 싸늘한 얼굴로 입을 열었다.

"분명 그쪽하고는 술을 마시지 않을 거라고 말했는데 정말 내 말을 이해하지 못하는군요?"

서동혁이 이마를 찌푸렸다.

"그냥 이렇게 서서 술 한잔 마시자는 것도 싫다는 것입니까?"

한서영이 단호하게 대답했다.

"네, 싫어요."

순간 서동혁의 얼굴이 일그러졌다.

"시발, 눈치를 챈 거야 뭐야? 좋게 그냥 술 한잔 마시면 힘 들일 일도 없을 것을."

결국 참지 못한 서동혁의 입에서 거친 욕설이 흘러나왔다.

한서영은 서동혁이 한순간에 변하는 것을 보며 재빨리 김동하의 곁으로 물러났다.

한서영의 얼굴은 얼음장처럼 변해 있었다.

"결국 사과를 하려는 것이 아니라 어떤 수작을 부리려고 한 거였네. 개자식……."

서동혁이 하얀 이빨을 보이며 웃었다.

"눈치챘어? 히히 내가 너한테 어떤 개망신을 당했는데 그냥 사과 따위로 끝내겠어? 오늘 밤새도록 내 친구들이랑 함께 너 홍콩 보내 줄 테니 기대해. 하하."

서동혁이 김동하의 뒤에 서 있는 하성관을 바라보며 입을 열었다.

"성관아. 저 남자새끼는 네가 막아라. 힘이 센 놈이니까 조심해야 할 거야."

그날 강변에서 자신과 친구들을 혼자서 막아낸 김동하였기에 하성관에게 경고를 한 것이다.

하성관이 이를 드러내고 환하게 웃었다.

"시발 진즉에 그랬어야지. 너 때문에 성질 누그리고 있으려니 온몸이 근질거리더라 하하."

서동혁은 자신의 체격 절반도 되지 않을 것 같은 김동하라면 단번에 멱살을 틀어쥐고 숨통을 조일 수 있을 것이라고 자신했다.

서동혁이 김상열과 최종태를 보며 입을 열었다.

"너희들은 저년 데리고 자리로 와."

말을 마친 서동혁이 한서영을 바라보며 싱긋 웃으면서 머리를 돌렸다.

한서영에게 사타구니를 걷어차인 후 한서영과 직접 마주서고 싶은 생각은 더는 없었던 서동혁이었다.

서동혁이 자신의 손에 들린 두 잔의 술을 보다가 약이 들어 있지 않은 술을 입으로 가져갔다.

그의 눈에 역시 상기된 얼굴로 서 있는 유문종이 들어왔다.

유문종 역시 하성관처럼 헬스로 다져진 다부진 체격을 가지고 있었다.

서동혁이 유문종을 보며 입을 열었다.

"문종이 너도 성관이하고 저 남자새끼 막아. 생각보다 힘이 센 놈이니까 조심해서 다뤄야 할 거다."

서동혁의 말에 유문종이 피식 웃었다.

"보니까 성관이 혼자서도 충분할 것 같은데? 저 무식한

성관이 새끼는 힘 조절을 잘 못해서 저 남자새끼 어쩌면 몇 군데 부러질 수도 있어. 나까지 끼면 저 남자 놈은 오늘 죽어."

유문종은 김동하의 체격을 보며 머리를 흔들었다.

서동혁이 혀를 찼다.

"몰라. 암튼 남자새끼는 알아서 하고 계집만 내 자리로 데려와라."

말을 마친 서동혁이 안쪽의 소파로 향했다.

소파의 안쪽에는 최종태가 데려온 최종태의 애인 장수연과 그녀의 친구들이 딱딱하게 굳은 얼굴로 소파로 다가오는 서동혁을 바라보았다.

서동혁이 빙그레 웃으며 입을 열었다.

"합석하기를 바랐는데 고집을 부려서 조금 소란스러운 거야. 걱정하지 말고 그냥 놀아."

서동혁은 전혀 아무런 문제가 없다는 듯이 이를 드러내고 웃었다.

자신의 자리로 돌아가려던 서동혁이 자신의 손에 들린 술잔을 잠시 내려다보다가 여자들의 앞에 술잔을 내려놓았다.

한서영에게 주려고 했던 술이었다.

"그냥 이거나 마셔."

친구 최종태의 애인과 애인의 친구들이었지만 서동혁은

마치 자신의 애인인 듯 익숙하게 반말을 하고 있었다.

어차피 오늘밤의 파티 이후에는 자연스럽게 반말을 하게 될 것이기에 그의 어투는 전혀 어색함이 없었다.

술잔을 내려놓은 서동혁이 자신의 자리에 앉으면서 소리쳤다.

"어이 웨이터, 오늘 밤 여기에 더 올 친구들도 없으니 문 닫아. 단단히 걸어 잠그란 말이야."

20대 초반의 서동혁이었지만 이런 일에 익숙한 듯 능숙하게 종업원을 부렸다. 서동혁의 말이 끝나자 문의 입구 쪽에 서 있던 웨이터들이 급하게 밖으로 나갔다.

한편 서동혁의 지시를 받은 하성관이 김동하를 막아서면서 히죽 웃었다.

"니 마누라하고 너를 여기까지 데려오려고 팔자에도 없는 삐끼 역할까지 했는데 이젠 그럴 필요가 없겠다. 그리고 그냥 네 마누라가 동혁이가 주는 술 한 잔 마시면 좋았을 건데 운이 나쁘네."

김동하가 담담한 시선으로 하성관을 바라보았다.

"허우대는 천하장사처럼 보이지만 품은 심성은 그야말로 저잣거리의 왈패보다 못한 자로군 그래."

김동하의 눈이 하성관의 두 눈을 빤히 바라보았다.

하성관이 웃었다.

"그냥 우리가 니 마누라랑 놀 때 넌 한쪽에서 잠이나 자고 있어. 문이 잠겼으니 나가지도 못할 거야. 내일 아침까지 니 마누라는 우리가 심심하지 않게 데리고 놀아줄 테니 안심하고. 하하."

그때 최종태와 김상열이 한서영을 보며 웃는 얼굴로 다가왔다.

"어이 그냥 이쪽으로 와. 우리랑 같이 술이나 마시면서 놀자고."

한서영은 아무 말도 하지 않았다.

다만 자신의 예상대로 서동혁이 전혀 변하지 않았다는 것을 느끼며 화가 치밀어 올랐을 뿐이었다.

한서영은 전혀 걱정하지 않았다.

황실옥에서 뉴월드파의 거구들을 상대로 단 한 대도 맞지 않고 엄청난 괴력으로 아예 모조리 병신으로 만들어 버렸던 사람이 바로 김동하였다.

한서영이 입을 열었다.

"당신들이 어떤 실수를 했는지 조금 후에 알게 될 거야. 후회해도 소용없겠지만. 아마 눈물을 흘리며 살려달라고 빌게 될 걸."

한서영의 말에 김상열이 이를 드러내고 웃었다.

"하하 뭐야? 성관이 말로는 네가 저 새끼의 마누라라고 하는데 진짜야?"

김상열은 하성관이 김동하에게 한서영을 가리키며 마누

라라고 한 것을 머리에서 떠올렸다. 결혼을 한 것이라면 더더욱 좋다는 생각이 들었기 때문이었다.

한서영은 아무 말도 하지 않았다.

김상열이 김동하를 힐끗 보며 묘한 웃음을 머금었다.

"새끼 운도 좋네. 너 같은 여자를 마누라로 삼다니 말이지. 하하, 뭐 어쨌건 너도 오늘밤이 지나면 우리를 무척 좋아하게 될 거야. 틀림없이."

마약에 취해 환각상태에서 광란의 밤을 겪게 된다면 한서영이 자신들의 완벽한 노리개가 될 것이라고 확신하는 김상열이었다.

한서영의 눈이 얼음처럼 차갑게 변했다.

그때였다. 김동하의 앞을 막아선 하성관이 김동하의 목을 틀어쥐려 손을 내밀었다.

"넌 이리 와서 나랑 조금만 놀자."

콱—

하성관의 솥뚜껑 같은 손이 김동하의 옷섶을 움켜쥐었다. 단단하게 틀어쥐면 숨이 막혀 허우적거릴 것이고 그때 단숨에 바닥으로 메치거나 관자놀이를 후려치면 날이 밝을 때까지 정신을 차리지도 못할 것이다.

자신의 완력이라면 김동하 같은 약골(?)은 절대로 빠져나가지 못하리라고 확신하고 있었다.

또한 김동하가 정신을 잃기까지 10초도 걸리지 않을 것이라고 생각했다.

그는 김동하를 재빨리 처리하고 자신의 심장을 두근거리게 만든 아름다운 한서영과 질펀하게 놀고 싶은 생각밖에는 없었다.

한편 람세스의 웨이터들과 바텐더는 갑작스런 상황에 어찌할 바를 모르고 있었다.

행여 서동혁의 일행을 막는다면 람세스로서는 최대의 호구손님을 영원히 잃게 될 것이 분명했고 자신들의 수고비도 물거품이 되는 것은 분명했다.

서동혁과 그의 패거리들이 어떤 식으로 노는지 너무나 잘 알고 있는 웨이터들은 굳은 얼굴로 한쪽으로 물러서서 그들이 김동하와 한서영에게 하는 행동을 지켜보고 있을 뿐이었다.

김동하의 멱살을 움켜쥔 하성관이 김동하를 들어올리려는 듯이 팔에 힘을 주었다. 운동으로 다져진 그의 팔에서 지렁이 같은 힘줄과 함께 우람한 근육이 드러났다.

"끄응……."

하성관의 입에서 앓는 소리가 흘러나왔다.

하성관이 김동하의 멱살을 틀어쥐는 것을 본 유문종이 혀를 차며 몸을 돌렸다. 하성관에게 멱살이 잡힌 이상 상대가 그 누구라고 해도 절대로 빠져나가지 못한다고 생각한 유문종이었다. 더 이상 볼 것도 없었다.

단번에 하성관에게 개구리처럼 패대기쳐지고는 아마 뼈 없는 연골동물처럼 축 늘어질 것임을 확신했기 때문이다.

뒤이어 최종태와 김상열도 움직였다.

“남편은 그냥 성관이 저놈과 놀라고 하고 너는 이리로 오라니까 그러네.”

김상열이 한서영의 팔을 향해 손을 내밀었다.

순간 한서영의 다리가 움직였다. 짧은 스커트 차림이었기에 바지를 입었을 때와는 전혀 다른 발길질이었다.

서동혁을 걷어찼을 때와는 달리 다리가 높게 올라가지도 않았다. 결국 한서영의 발길질은 김상열에게 전혀 미치지 못했다. 김상열이 흠칫 물러나며 웃었다.

“하하! 제법 앙탈을 부리기도 하네? 근데 오히려 그게 더 재미있어. 너무 고분고분하면 재미가 없거든? 낄낄.”

김상열이 한서영의 반항이 재미있다는 듯이 웃었다.

그때였다.

“이, 이게 뭐야?”

김동하의 멱살을 틀어쥔 하성관은 단번에 김동하가 숨을 쉴 수 없을 정도로 들어 올릴 생각이었다.

하지만 김동하가 전혀 미동도 하지 않고 담담한 얼굴로 자신의 얼굴을 바라보고 있자 입을 벌렸다.

하성관의 팔에서 느껴지는 것은 자신이 상상하지 못할 정도로 엄청난 무게감이었다.

그의 팔이 부들부들 떨리고 있었다.

김동하가 하성관을 바라보며 입을 열었다.

“머릿속에 음흉하고 사악한 생각으로 가득한 천하의 개망나니 같은 자로구나. 그냥 내버려 두면 패악만 저지를 것이니 이참에 너의 천명을 회수한다.”

말을 마친 김동하가 왼손을 뻗어 자신의 멱살을 움켜쥔 하성관의 팔뚝을 잡았다. 김동하의 팔뚝보다 두 배는 두껍게 느껴지는 단단한 근육질의 팔뚝이었다.

하성관의 눈이 찢어질 듯 부릅떠졌다.

“어어어.”

자신의 팔을 잡은 김동하의 손이 죄어오고 있었다.

한서영이 재빨리 물러서서 김동하의 몸에 붙어 섰다.

이곳에서 가장 안전한 곳이 바로 김동하의 곁이라는 것을 그녀는 너무나 잘 알고 있었다.

눈앞의 상황에 최종태와 김상열이 하성관과 김동하를 바라보았다.

“저 자식 왜 저래?”

최종태가 김동하의 멱살을 움켜쥔 채 입을 쩍 벌리고 있는 하성관에게 의문을 품었다. 그때였다.

콰득—

하성관의 팔을 가볍게 쥐고 있는 김동하의 손이 점점 하성관의 팔을 파고들어갔다.

"끄극……."

하성관의 두 눈이 마치 쏟아질 것처럼 부릅떠졌다.

그의 눈에 자신의 오른손을 살짝 움켜쥔 김동하의 손이 마치 강철로 만들어진 쇠고리처럼 자신의 팔뚝을 뚫고 들어오는 것이 보였다.

"끄악~!!"

하성관의 입에서 참을 수 없는 고통에 비명이 흘러나오기 시작했다.

우드드득.

뼈가 부러져 나가는 소리가 섬뜩하게 들려왔다.

그럼에도 김동하의 손은 전혀 그치지 않았다.

콰지지지직—

결국 김동하의 손에 의해서 하성관의 팔뚝의 뼈가 마치 과자 부스러기처럼 으스러지는 소리가 났다.

덜렁—

팔이 완전히 부러져 나가자 견딜 수 없는 통증에 자신의 다리가 풀린 하성관이 주저앉았다.

그의 팔이 기묘한 형상으로 아래쪽으로 늘어졌다.

팔목과 손은 김동하의 멱살을 움켜쥐고 있었지만 팔뚝과 몸은 아래로 늘어진 섬뜩한 모습이었다.

후드드드드득.

김동하의 손에 의해 으스러진 하성관의 팔뚝에서 쏟아진

물줄기처럼 피가 흘러내렸다.

"저게 뭐야?"

"이, 이게……."

너무나 참혹한 하성관의 모습에 한서영을 데려가려던 최종태와 김상열이 질린 얼굴로 자신들도 모르게 뒤로 물러섰다.

김동하가 차가운 얼굴로 바닥에 늘어지려는 하성관의 손을 자신의 목에서 떼어내며 마치 쓰레기를 버리듯 던졌다. 뼈가 없는 연체동물의 수족처럼 기괴한 형태로 변한 하성관의 팔이 기묘한 형태로 구부러지며 하성관의 얼굴을 때리고 난 후 아래로 늘어지며 덜렁거렸다.

털썩.

그제야 하성관의 몸이 바닥에 주저앉았다.

"끄허허허헝!"

하성관의 입에서 비명과 같은 울음소리가 터져 나왔다.

그의 팔이 몸에서 완전히 떨어지지 않은 것이 다행이라면 다행이었다.

하성관의 몸은 이제 완전히 땀으로 젖어 있었다.

아랫도리가 축축해진 것으로 보아 오줌까지 지린 모습으로 바닥에 늘어져 있었다.

그런 하성관을 내려다보는 김동하의 표정은 그야말로 저승사자처럼 냉혹하고 차갑게 보였다.

벌떡—

소파에 앉아서 하성관이 김동하를 어떻게 처리할지 구경하려던 서동혁이 자리에서 벌떡 일어섰다.

덜커덕.

퍽석.

그가 당황해서 일어서는 바람에 테이블 위에 있던 술병 하나가 아래로 떨어지며 깨어졌다.

"꺅! 저게 뭐야."

"엄마."

"꺅!"

한쪽에서 당황한 표정으로 김동하와 한서영을 지켜보고 있던 여자들이 하성관의 기괴한 모습에 두 손으로 얼굴을 가리며 비명을 질렀다. 람세스의 웨이터들도 놀란 얼굴로 김동하와 하성관의 모습을 보며 입을 벌리고 있었다. 하성관 덩치의 반도 되지 않을 것 같은 김동하가 쉽고도 참혹하게 처리하는 모습에 그들은 자신들의 몸이 가늘게 떨리고 있는 것조차 모르고 있었다.

하성관은 기괴한 모습으로 바닥에 늘어져 있는 자신의 오른손을 다시 몸에 매달려는 듯 울면서 몸에 연신 붙이고 있었다.

"어허허허허헝!"

하성관의 입에서 짐승의 울음소리같은 비통한 소리가 흘

러나왔다.

김동하의 뒤에 서 있는 한서영의 미간이 좁혀졌다.

저런 식으로 하성관의 팔이 으스러졌다면 절단을 하는 것 외에는 다른 방도가 없다는 것을 직감적으로 알아차린 한서영이었다. 평소의 김동하는 너무나 조용하고 온순하지만 화가 난 김동하는 조금의 자비도 없는 그야말로 살신처럼 변할 정도로 무서운 남자였다.

김동하의 손이 어린애처럼 울고 있는 하성관의 머리에 오른손을 올렸다.

팔뼈를 손아귀의 힘만으로 으스러트린 악력이라면 오른손으로 하성관의 머리통을 터트릴 수도 있을 것이다.

김동하가 싸늘한 목소리로 입을 열었다.

"너의 천명을 회수한다."

말을 마친 김동하의 눈이 파랗게 변했다.

스스스스스.

들릴 듯 말 듯한 기묘한 소음이 김동하의 손에서 흘러나왔다.

한서영의 눈이 커졌다. 그것이 김동하에게 천명을 회수당하는 소리라는 것을 한서영은 이미 알고 있었기 때문이었다.

순간 하성관의 몸이 바르르 떨었다. 일순 하성관은 자신의 몸속에서 모든 힘이 빠져 나가는 듯한 충격을 느꼈다.

그의 입에서 흘러나오던 울음소리도 이제는 거의 들리지 않았다.

하성관에게서 천명을 회수한 김동하가 손을 거두었다.

털썩.

하성관이 허물어지듯 바닥으로 쓰러졌다.

오랜 훈련으로 인해 다져진 근육으로 팽팽하던 하성관의 몸이 일순 왜소한 느낌이 들었다.

바닥에 늘어진 하성관의 모습을 차가운 시선으로 내려다보던 김동하가 시선을 최종태와 김상열에게 던졌다.

김동하의 시선을 받은 최종태와 김상열이 흠칫 뒤로 물러섰다. 그때였다.

"이 개새끼가… 성관이한테 무슨 수작을 부린 거야!"

김동하의 앞으로 누군가 득달같이 달려들었다.

그의 손에는 쇠로 만들어진 바의 의자가 들려 있었다.

좌석은 돌처럼 딱딱한 윤이 나는 플라스틱이 달려 있는 꽤 무거운 홈바용 의자였다.

의자를 들고 김동하에게 달려드는 사람은 하성관과 함께 헬스운동을 하는 유문종이었다. 유문종은 친구인 하성관이 김동하에게 당하자 자신이 잠시 방심했다는 것을 알고 그대로 의자를 들고 달려드는 것이다.

휘잉—

유문종의 손에 들린 바 의자는 무거운 쇠몽둥이처럼 흉

포한 무기였다.

누구라도 유문종이 휘두르는 의자에 맞는다면 뼈가 부서지고 살이 찢겨 나갈 정도로 강한 위력이었다.

"꺅!"

한서영이 자신도 모르게 비명을 질렀다.

거구의 사내가 의자를 들고 달려들자 한순간 김동하가 어떤 남자인지 깜빡 잊을 정도로 위압감을 느낀 것이다.

김동하의 눈이 매섭게 변했다.

바 의자를 든 유문종이 김동하의 머리를 단번에 날려버리려는 듯이 머리를 향해 후려쳤다.

휘이잉—

순간 김동하의 왼손과 오른손이 동시에 합치듯 머리를 내려쳐 오는 의자를 때렸다.

왼손이 먼저 움직였고 간발의 차이로 오른손이 움직였다. 김동하의 왼손은 유문종이 내려치는 의자의 아래쪽 쇠부분을 먼저 때렸고 오른손은 의자의 윗부분에 만들어진 돌처럼 단단한 플라스틱 부분을 때렸다.

따앙—

퍽석.

두 개의 다른 소리가 거의 동시에 들렸다.

람세스의 왼편에 설치되어 있는 양주잔을 진열하는 진열장이 엄청난 소리를 내며 박살이 났다.

콰장창—

김동하의 앞으로 달려들던 유문종이 멍한 얼굴로 김동하를 바라보았다. 그의 손에는 의자의 아래쪽에 달린 둥근 형태의 쇠로 만들어진 발판이 달랑 들려 있었다.

김동하의 왼손에 그가 휘두르던 홈바 의자의 쇠 부분이 부러지고 오른손이 부러진 의자를 후려치며 날려버렸다. 그 때문에 날려간 의자로 인해 양주의 진열장이 부서져 내린 것이다.

"어어……."

유문종이 눈을 껌벅였다.

이런 식의 대응은 꿈에도 생각하지 못했다.

김동하가 냉정한 시선으로 유문종을 바라보며 입을 열었다.

"유유상종이라고 하더니 너 역시 같은 부류로구나."

얼음장처럼 차가운 말이었다.

김동하가 의자의 아래쪽 부분만 달랑 들고 서 있는 유문종 쪽으로 성큼 걸음을 옮겼다. 김동하가 자신에게 다가오자 자신도 모르게 유문종이 뒤로 주춤 물러섰다.

당황한 유문종이 머리를 두리번거리다가 좀 전에 김동하를 후려친 의자를 보았다.

순간 유문종의 입이 벌어졌다.

홈바의 의자는 단단한 쇠망치로 후려쳐도 부서지지 않

을 것 같은 돌처럼 딱딱한 플라스틱 좌석이었다. 무겁기도 무겁지만 그것을 사람의 손이 부술 것이라곤 누구도 생각하지 못할 것이다. 그런 의자의 좌석 부분이 마치 엄청난 무게의 해머로 박살을 낸 듯 산산조각으로 부서져 있었다. 유문종이 하얗게 질린 얼굴로 김동하를 바라보았다. 그때 앞으로 다가선 김동하가 유문종의 다리를 걷어찼다.

뻐억—

우득—

유문종의 왼쪽 다리가 나무젓가락이 부서지듯 부서지며 앞쪽으로 꺾였다.

"크악."

털퍼덕.

다리가 부러진 유문종이 그대로 바닥으로 주저앉았다.

그가 입고 있던 청바지의 겉면을 뚫고 부러진 하얀 뼈가 튀어나왔다.

"끄악! 내 다리……!"

유문종은 난생처음으로 겪는 지독한 고통에 자신도 모르게 다리를 부여잡고 비명을 질렀다.

람세스의 내부는 얼음장처럼 서늘한 분위기였고 누구도 함부로 움직이지 못했다. 부러진 다리를 잡고 비명을 지르는 유문종의 처절한 비명소리만 울리고 있었다. 그 모든 것을 지켜보고 있던 서동혁의 몸이 덜덜 떨려왔다.

강변에서의 모습과는 전혀 다른 김동하의 모습에 자신이 마치 마약에 취해 환각상태로 헛것을 보는 느낌이 들었다.

김동하가 싸늘한 시선으로 주변을 둘러보다가 부러진 다리를 잡고 비명을 지르고 있는 유문종을 내려다보았다.

"너 역시 천명을 회수한다."

말을 마친 김동하가 유문종의 머리에 손을 올렸다.

또다시 천명이 회수되는 순간이었다. 그리고 그것은 이제는 하얗게 질린 얼굴로 김동하를 바라보고 있던 서동혁과 남은 친구인 최종태와 김상열의 눈에도 들어왔다.

한순간 유문종의 얼굴이 변하기 시작했다.

순간 서동혁의 입이 쩍 벌어졌다.

"저, 저게……."

유문종은 너무나 빠르게 늙어가면서 하성관처럼 헬스로 다져진 근육이 마치 바람 빠진 풍선처럼 볼품없이 늘어졌다.

"어, 어떻게……."

덜덜덜.

서동혁의 몸이 마치 작살을 맞은 고기처럼 바들바들 떨리기 시작했다.

입에서는 끈끈한 침이 흘러나와 길게 늘어지고 있었다.

지금까지 살아오면서 엄마가 가진 엄청난 재력과 힘으로 세상전부를 자신의 눈 아래로 보며 살아왔던 서동혁에게 영원히 깨어나지 않을 악몽이 시작되고 있었다.

〈다음 권에 계속〉